中公文庫

残　響

保坂和志

JN263468

中央公論新社

目次

残響

コーリング

土井浩二が三年前に別れた美緒の夢の途中で目が覚めた朝、美緒はもちろん浩二の夢など見ていなかったし思い出しもしていなかった。

浩二が目覚し時計を見るとまだ八時で、目覚しのベルが鳴るまでにはあと三十分あり、横にいる京子もまだ眠っていた。浩二は仰向けの姿勢のまま天井を見、天井が木目のある板でなかったことをはじめて知ったような気がした。天井には白だかアイボリーだか、細かな凹凸のある樹脂が全面に貼ってあった。前は夢に女が出てきたらしばらくはその夢に動揺し、同時に余韻に浸っていたいと思ったものだが、今朝の夢はそういう気分にはならないようだった。

美緒とは別れたといってもフラれたのだった。古い洋館らしい建物に人が集まりパーティーのようなことをしている中に浩二もいるのがその朝の夢だった。

パーティーがつまらなくて庭にでも出ようと思い、浩二が部屋の隅に行くと美緒が立っていた。二人は久しぶりに会った恋人同士として美緒に促されるままに二階に上がっていき（浩二はすでに突き上げてくる欲望で胸が詰まりそうだった）、階段を上がってすぐの部屋に入った美緒が窓際で振り返ったときには、美緒はすでに何も着ていなかった。薄く血管の浮き出た美緒の張りのある胸に浩二は手のひらをあて、手のひらに乳首の感触を感じたときに夢が途切れた。

美緒がいままでつき合った女のなかで一番よかったと思っているとか、いまでも美緒が目の前に現われたら京子より美緒を選ぶというようなことを思っているわけではない。思っていなくても夢、それも目覚める直前の夢に好きだった女が出てきたら、しばらくはそういう感情にはまり込むはずなのに、今朝はそうならずにそれより、一度深く息を吸い込んだらひどい筋肉痛になっているのがわかった。三十をすぎると翌日でなく翌々日に筋肉痛がでるというのは本当だ。こんなに痛くてはあと三十分残っている時間は眠れないかもしれないと浩二が思っていた同じその時間に、美緒でない恵子が浩二のことを思い出していることを浩二は知らない。

恵子は毎朝八時に夫の中川と一緒に家を出て、夫と反対方向に子どもを幼稚園に連れていく。幼稚園までの道でいつもすれ違う会社員を見るたびに恵子は「土井さんに似てる」と思うのだ。スーツをラフに着こなし、顔はやや面長で頬が少しこけ、目は細くはないが一重で、どこかとろんとしている。全体に陽気な不健康という感じが恵子に土井浩二を連想させるのだった。

恵子の知っている浩二は毎朝二日酔いの顔をして会社に遅刻してきていた。恵子はいまでも土井さんは二日酔いで遅刻しているんだろうかと思う。

朝まで飲んで結局そのまま出勤することもしょっちゅうで、そういう朝は、背広の肘にどこでつけたのか本人も憶えがないゲロがべったりついていたこともあったし、背広を脱ぐとワイシャツの背中が破れ直径五センチぐらい血で染まっていたこともあった。「いい加減にしろ」と課長がとうとうおこりだしたときには、突然ゴミ箱に顔を突っ込んでゲロゲロ吐きはじめ、しゃべっている課長の方が間抜けに見えたこともあった（本当は吐いていなかった。ウソだった）。恵子にはそれが唯一勤めた会社だったから会社というのはそういう人のいるところだろうと思っていたが、夫の話を聞くとそうでもないらしい。土井浩二が一年前に会社を辞めていることは、いまでもずっとつき合いのある悦子、〝エッちゃん〟から聞いてはいたが、恵子には二日酔いで事務所に入ってくる浩二しか思い描けない。しかしそれもすでに五年か六年も前のことだ。

幼稚園の門を抜け、庭で子どもたちを遊ばせているマサコ先生に先週子どもが着て帰ってきた制服のブラウスを渡した。

「ホント、驚いちゃいました」

「ねえ。誰が考えたんでしょうね。

でもいま流行《はや》っちゃってるんですよ」

「そんなによくあるんですか？」

「ええ」と言って、マサコ先生は恵子の子ども、太郎の頭を撫で、太郎は撫でられると子どもたちの中に走っていった。男の子と女の子のあいだで制服のブラウスを取り替えっこするのが流行っているのだという。

「もうだいぶ前からですか？」

「そうねえ。——三ヵ月くらい前からかしら」

「え？　三学期から？　じゃあ、あたし——」と、恵子はテレ隠しにちょっと口に手をあてた。

「三ヵ月もずっとなかったなんて、太郎、モテないんじゃないかって――。ちょっと心配になっちゃって――」

マサコ先生はただ笑っていたが、その笑いで恵子の方は安心した。「バッカみたいですよね」

「太郎君は女の子にやさしいから、人気ありますよ」

「え？　そうですか」

恵子がまた人のよさそうなテレ笑いを浮かべていると、太郎とブラウスを取り替えっこした杏奈ちゃんがお母さんと一緒にやってきた。子どもは制服を着ていて見分けにくいが、お母さんの方はいつも派手な色遣いの服を着ているからすぐにわかる。杏奈ちゃんのお母さんは今日は鮮やかで柔らかみのある赤の上下。ジャケットはちょっとチャイナ・ドレス風で、膝丈より長いキュロットが風になびいている。彼女も紙袋を手にしている。それに太郎のブラウスが入れてあるらしい。

「センセイ、おはようございます。タロウくんのおかあさん、おはようございます」

「杏奈ちゃんは、ご挨拶が上手なのね。エライのね」

「挨拶ばっかり、上手なのね。どんどん上手になっちゃうのね」

言ったのはもちろん杏奈ちゃんのお母さんだ。この人の言い方は謙遜とは違う。大人を評するときみたいな独特のサメた調子があって、エッちゃんを思い出す。それでそんなに親しくないこの人のことも好きだと思うのだが、彼女は「ブラウスの取り替えっこの次は、何の取り替えっこになるのかしら」と言って意味あり気に笑い、恵子にますますエッちゃんを連想させた。

「杏奈ちゃんって、子どものわりにずいぶん艶《いろ》っぽくないか?」と夫が言ったのも思い出した。「ロリコンなんじゃないの?」と、あのときはそれで済ませたが、杏奈ちゃんにはこのお母さんの影響がかなりあるのかもしれない。

「北村さん、杏奈ちゃんにヘンな知恵つけないでくださいね」

「まさかァ。

でも子どもは、こっちが考えるより大胆だから——」

「そうね」恵子は笑って相槌を打った。

「すぐに相槌を打つ」と恵子はよく言われる。「考えなしの相槌」だとか「息するついでの相槌」だとか「よくても悪くても相槌を打つ」だとか、最初に言ったのは土井浩二だったがそれはもう恵子自身も忘れている。浩二がそう言い出して以来みんなから言われるようになったから恵子は憶えていないのだ。

「ねえ、恵子さん？

これから泳ぎに行かない？　一緒に」

「はぁ――」また相槌を打っていた。

「あたしちょうど水着二つ持ってきてるの。恵子さんとあたしって、ほとんど体型一緒でしょ？」

恵子はそうかもしれないと思った。もっとも、じろじろ見たら失礼なような気がしたから自分と彼女をちゃんと見比べたわけではなかった。

「ね、行きましょ」

人に誘われると断わることのできない恵子が杏奈ちゃんのお母さんに言われるままにフィットネス・クラブのプールに行くことになったその時間、浩二は結局つづきを眠らずさっきの夢の美緒のこととそれから「ヒゲパン」と呼んでいた少年野球の監督をしていた男のことを交互に考えていた。

美緒とヒゲパンは何も関係ない。ただ浩二がいつもより三十分早いその時間に目を覚ましていることの原因が美緒で、浩二のからだの筋肉痛の原因が二日前に行った少年野球のノックだったからなのだが、美緒は同じその時間、浩二のすでに知らない部屋の窓のそばに置いたテーブルでコーヒーを飲みながら下の道から聞こえてくる話し声を聞いていた。

「そこに立ってちゃ、いけませんよ」男の子が言う。

「どうして?」女の子が言う。

「『そこに立ってちゃ、いけません』って、いつもいつも言われてるでしょ」男の子が言う。

「いつもいつも? どうして?」

「ここはね、郵便屋さんと手紙を出す人とハガキを買いに行く人が通る道なの。だからみんなの迷惑になるから、ここに立ってちゃいけないのッ。こんな簡単なこと、何度も何度も言わせないのッ。わかった? ほら、こっちに寄りなさいって言ってるでしょ。もう迷惑になっちゃった。どうなの? わかったの? わかったら『わかった』って言うのッ。『わかった』はどうしたの?」

女の子は何か言ったが美緒には聞き取れなかった。そしてまた男の子が「え? 何言ってるの? だからね――」としゃべりはじめていた。

美緒は三週間前に会社を辞めていまはどこにも勤めていない。美緒がいま住んでいるアパートの前の道は養護学校の子どもたちの通る道で、下で話している男の子と女の子は朝と帰りの三時頃、いつも決まって立ち止まって十分か十五分こんなことを話すのだ。男の子（といってもふつうなら中学生だろう）がおせっかい焼きで女の子（こっちは四年生ぐらい）は男の子の言うままになっている。実際人の通るのの邪魔になっているのは男の子の方なのだが、人が通ると彼は「ほら、こっちに寄りなさいって言ってるでしょ」と女の子の肩に手をかけて二人で隅に寄る。

男の子のしゃべり方は男の子のようでなくて、中年のおばさんのようにベタベタネチネチしてて、これが聞こえると美緒は苛々してくる。その子が養護学校に通っていることとなんか美緒には関係ない。美緒はテーブルに肘を立ててマグカップを口の前で止めたまま、今日面接に行く会社の場所を東京都の区分地図で確かめはじめた。

美緒は新橋なんて三、四回しか行ったことがない。知らないところで働くのはあまり気が進まないが、そこしかないのだからしょうがないと思っている。事務というのもコーリングで一度しかやったことがない。「東京コーリング人材開発派遣センタア」という名の会社で、美緒はそこを思い出すとき「コーリング」あるいは「コーリン」

と略すのだが、土井浩二も恵子もつまりはそこにいた。「コーリング」には「職業」とか「天職」という意味があることを美緒は辞める直前に浩二から教わったが、美緒だけでなくたいていみんな意味なんか知らなくて、電話の「コール」のことだと思っていたり、それが転じて「仕事のお呼びがかかる」ことだと思っていたりした（誰だったか、「コーリング」というのは「衝動」のことで、だから「働きたい衝動」だと言った人もいた）。

コーリングにいた頃、美緒は手に職があると有利だということがよくわかり、パソコンを習ってみたり何でもいいからコーディネーターの資格を取ろうとしてみたりしたことがあったがどれもつづかなかった。つづかなくなると浩二が「そう見えるだけだ」と言ったのを思い出すのだが、美緒にはやっぱり手に職のある人がうらやましかった。

目覚し時計はすでに鳴り、まだ浩二が眠っていると思っている京子はいつものように朝食の仕度の途中で「土井クン、時間よ」と声をかけた。

「今日はまだいい」

「なんだ起きてたの？」

「寝てたよ」

「目が覚めてたんなら起きればいいじゃない」

浩二は美緒の部屋を思い出していた。ベッドが部屋の半分ぐらいを占めているような部屋だった（それを口に出しただろうか。忘れた）。半間《はんげん》のクローゼットとファンシーケースに服が詰っていて（「あたしあんまり服持ってない方よ」と美緒は言った。美緒は西武新宿線沿いの自宅からたった一駅離れたところに住んでいた。兄夫婦が実家に入って追い出されたんだと言っていた）、本棚はなくベッドの脇に積んであるだけ、音の出るものはラジカセとテレビ、テーブルと椅子は折りたたみ式でたぶんほとんど使われることがない。あの部屋で浩二はベッドにしかいなかったような気がするが、美緒ひとりのときもきっとベッドに腰掛けてテレビを見たり化粧をしたりしているんだろうと思った。

それからサボテン。サボテンの小さな鉢がテレビの上にも窓の縁にもテーブルにも積み重ねた本の上にもトイレにもあった。美緒は「あたしサボテンが好きなの」と言ったただけだった。それ以上のことは言わなかった。一度美緒が答えたことに浩二がそれ以上繰り返して訊くと美緒はたいていおこった。おこって「どうだっていいじゃない」と言うのだった。

「起きないの？」京子が言った。

「ひでえ筋肉痛になっちゃったよ」

「バカみたい」

「寝てても痛いなんていうのは相当なもんだぜ」

「『――なもんだぜ』」京子は浩二の口真似をした。

少年野球でヒゲパンとつき合った二年間、あのころヒゲパンの年齢を考えてみたことなんかなかったが、たぶんヒゲパンは二十二、三だった。浩二の知るヒゲパンの属性はひたすら〝少年野球の監督〟で、夏になって海の家で働いているのを見たと荻田が言ったから行ってみたら本当にいた（荻田はファーストだった。浩二はいまでもみんなのポジションを憶えている）。ヒゲパンはこっちを見て「おぅ」と言ってちょっと手を上げただけだった。じゃあ夏以外は何をしてるんだろうなんてことも小学生だった浩二たちは考えなくて、ヒゲパンはやっぱり少年野球の監督だった。

少年野球はいまと浩二の頃とでは全然違っている。いまはなんだか大人が組織して動いている感じだが、あの頃の少年野球は勝手に集まった子どもたちがチームを名乗ればよかった。それでも立派に鎌倉市の大会があった。

その大会で三十チーム中のベスト8に残ったんだと、コーリングにいたころ恵子やエッちゃんの前で話したことを浩二は忘れている。酒を飲んで歩いていたらバッティング・センターがあり、一回だけやっていこうと入ったとき、男三人の中で浩二が一番よく打ち、女の子たちから「意外にうまいんじゃない」と言われ、「あたり前だ。おれは少年野球で〝三番・サード〟だったんだ。鎌倉市のベスト8までいったんだ」と答えた。「三十チームのベスト8っていうのは、三回戦進出のことなんだ。おれのチームは一回戦不戦勝。二回戦が十九対十七で勝ち。で、三回戦で二十一対ゼロで負けたんだ。どうだ驚いたか」と言ったが、恵子もエッちゃんも他の二人の女の子も野球というものがわかっていなくて、驚きも何もなかった。だから当然この話は恵子の方も忘れている。恵子はフィットネス・クラブの更衣室で着替えをはじめていたが、杏奈ちゃんのお母さんの見せた水着が派手なのに驚いたところだった。

フィットネス・クラブで泳ぐというのだから競泳用の水着だろうと思っていたのだ

が、彼女の見せたのは一つはサイドからバックがストラップ二本を交差させるだけで柄も豹のような斑模様《まだら》、もう一つはショッキング・ピンクの蛍光が強すぎて目がちかちかしてしまうような胸元がぐぐっと深く切れこんでいる水着だった。杏奈ちゃんのお母さんは二つを順に見せ、恵子の驚きなんかまったく意に介さずに左手に豹柄、右手にショッキング・ピンクを持って、ニッコリ笑って「どっちがいい?」と言った。

「北村さん……」

「だから〝チエ〟でいいってば」

「だって、急に言えないもん……」

「言っちゃえば平気よ」

「『言っちゃえば平気よ』」恵子は笑って繰り返した。エッちゃんと同じことを言ったと思った。

さっき、ここにくるまでの車の中で、彼女は「〝杏奈ちゃんのお母さん〟なんて呼ばないで〝チエ〟って呼んで」と言ったのだ。「〝チエちゃん〟だと頭の悪い女の子みたいだから〝ちゃん〟なしの〝チエ〟にして」とも言った。

「どっちにする?」と、チエは水着をさっきより高く差し出して催促した。

「だって、派手すぎるんだもん……」

「そんなの着ちゃえば平気よ。

ほら、どっち？」

それでもまだ恵子が返事できないでいると、チエが「じゃあ、あなたはこっちにしなさい」と豹柄の方を差し出した。

「これ、ちょっと離れたところから見ると案外たいしたことないのよ」

チエは言って豹柄を恵子の手に乗せ、さっさとチャイナ・ドレス風のジャケットのボタンを外しはじめた（チエの着ているこの赤は〝コーラル〟、つまり珊瑚の赤なんだとさっきチエが言った）。恵子も着替えなければならなくなった。エッちゃんに似ているからと、杏奈ちゃんのお母さんのことも自分より二つ年上と勝手に決めていたのだが、さっき車の中で実際は恵子の方が一つ年上であることを知った。しかし話をすればするほどチエはエッちゃんとダブッてきていて、恵子は自分が年下の気分になっていた。

「それにあなたあたしよりちょっと胸小さそうだし、やっぱりこっちの方（豹柄）がいいわよ」とも言われて、恵子は「ちょっとかなあ」と言った。ジャケットを脱いだチエの胸は、恵子には自分よりもだいぶ大きく感じられた。

「ねえ、なんでもかんでも、――チエって、派手なの？　派手にしてないと気がすまないの？（〝チエ〟と言ってみたら言えた）自分が派手だっていうのは、まさか否定しないわよね？」

「しないよ」

チエは脱いだ丈の長いキュロットスカートを胸の前でさっさとたたみながら「しないよ」と言った。そんなこと全然気にしていないように恵子には見えた。〝チエ〟と言ってみたら言えたけれど、頭の中ではまだ〝杏奈ちゃんのお母さん〟と言うのが一番自然なような感じだった。

「まだ迷ってるの？」とチエに言われ、恵子は仕方なく豹柄でストラップの水着を目の高さに上げて、「ねえ、これどうやって留めるの？」と訊いた。

「あ、それは最初あたしもわからなかったんだ。あたしが結んであげる」

チエはもうショッキング・ピンクで胸元のカットの深い水着を着終えていた。着たのを見ると手に持って宙ぶらりんだったときのように派手ではなかったから、恵子はちょっと安心して自分も着替えはじめた。水着を脚から通すと、チエが「いい？」と言って後ろにまわり、「これがこうきて、それからこう通して——」と、ストラップを結びはじめた。

チエの手は恵子の脇腹から肩へ、そしてまた脇腹に素早く移った。恵子はそれを首をいっぱいにねじって見ながら、「あたし一人じゃあ全然無理だわ」と言ったのだが、同じそのとき同じようにからだをねじった姿勢で美緒はスリップの腰のあたりを見ていた。壁に立て掛けた鏡を背にしたとき、ちらっとそこに汚れかほころびがあるように見えた気がして、もう一度よく見るためにからだをねじっていたのだが、汚れも何もなかった。普段なら少しの汚れは気にしないけれど、美緒はこういう日は縁起をかつぐのだ。

汚れやほころびを見つけたところで別のスリップに替えるわけではない。美緒はその時点で「今日はダメかも」と思ってしまうだけなのだがスリップには何もなかった。いまは汚れがあって「今日はダメかも」と思ったとしてもかまわない気分だった。よく知らないところで働きたいと思っているわけでもないし、コーリング以来の〝一般事務〟（求人誌にそう書いてあった）という仕事にも乗り気ではなかった。

このあいだまで美緒はコンサート会場へ行ってチラシ配りをしていた（もっとマシ

な仕事だと思ってそこに勤めたのだがそんな仕事だった）。クラシックが多かった。クラシックの客は嫌な大人ばかりに見えた。美緒はワインの試飲もやったし、化粧品のマネキンもやった。不動産屋の営業のアシスタントもやったし（横に女が坐っていればいいだけだった）、ベビーシッターもやった。コーリングでは事務といっても電話応対の方が多い日があったり、カタログやマニュアルの納品だといって力仕事を手伝わされることもあった。何でもかんでも手伝わされた。それが嫌だといって辞めていった子がいたが、美緒にはそれぐらいの方がおもしろかった。

美緒が事務でない仕事ばかりをやってきたのは外見に自信を持っているのと接客が性《しょう》に合っている気がするからなのだが、三ヵ月前に中学の同級生だった小山雅代に高田馬場の駅でばったり会ったとき、美緒は彼女がおばさんじみているのにびっくりした。小山雅代はそれなりに化粧はしていたが赤ん坊を胸に抱え、髪を似合わないショートにしていた。一番ショックだったのはしゃべり方で、うまくいえないが、何かしみじみしゃべった。かと思えば突然べたべたしゃべった。まだ二十五なのにどうしてこんなになっちゃうんだろうと思った。

中学の頃特に親しくもなかったしおとなしい子だったけれど、目鼻立ちはスッとしてて男の子たちにもそれなりにモテた。うまくすれば育ちのいいお嬢さんで通りそうな雰囲気があっだのに、全然違ってしまってすごく嫌な気分になった。だから「大村君どうしてる？」なんて言われても「知らない」と答えた。この人はまだあたしと大村君がつき合ってるとでも思ってるのかしら。

「そんなにムッとしなくたっていいじゃない」

小山雅代は恋愛の噂話をするときのようにネチッこい顔で笑った。ムッとしたのは小山雅代の時間が止まってるからで、大村邦夫の名前を出されたからじゃない。

「キミちゃんはどうしてる？」

これにも「知らない」と言った。本当はキミちゃんとは冬に三回スキーに行った。そのときも行ったばっかりだった。二日前だって会っていた。

「誰とも会ってないの？」

「うん」

「あ、そういえば、あたしこのあいだ井沢さん見たのよ。驚いちゃった」

「あ、そう」美緒はそっぽを向いていた。井沢由季子の話なら聞きたいが、あそこで小山雅代から聞く気はしなかった。

「子ども抱くから手が太くなっちゃって」

「あ、そう」

小山雅代は本当に井沢由季子の話をつづけなかった。美緒はそれにもまた腹が立った。小山雅代は生活の話をはじめたけれど、美緒はもう完全に聞いていなかった。美緒は彼女の新しい名字も訊かなかった。「電話番号教えて」と言われたから嘘の番号を書いた。ただ向き合って立っているだけで（本当はそっぽを向いてたのだが）、自分の外見が年とっていくような気分だった。しかし『フロムA』で一般事務を選んだのは、それが影響していると美緒は感じている。

おとといキミちゃんは「そんな向かない仕事するとホントに年とるよ」と美緒に言った。でも美緒は「やるだけやってみる」と答えた。

キミちゃんは「美緒には本当はクラブのホステスなんかが向いているんじゃないの」と言った。自分に合った世界にいれば小山雅代みたいな年のとり方はしないという意味だった。美緒はキミちゃんの言うことはきちんと聞く（だから実際いまも事務に気乗りしていない。でも、クラブのホステスは二十五では遅すぎると美緒は感じている）。

美緒が相手の話をきちんと聞いたのは、キミちゃんを別にすれば土井浩二ぐらいしかいなかったような気がしている。

結局浩二は起き、京子と一緒に朝食を食べた。トーストとベーコン・エッグとサラダとコーヒー。フィルターでコーヒーを淹《い》れるのはいつもは浩二だが今朝は筋肉痛の浩二がぐずぐずしていたから、「大げさなヤツ」と言いながら京子が淹れた。そして、

「ちゃんと行くのよ」

と言い残して、京子は出掛けていった。京子がいなくなってなんだかホッとした。

二日前の日曜日、浩二は長久保に頼まれてわざわざ鎌倉まで行って少年野球のコーチをした（長久保も浩二と同じチームだった。いまは親の会社を継ぎ、遊びで少年野球の監督をしている）。日曜日、長久保は結婚式に呼ばれ、もう一人の木内君というのはギックリ腰で、グラウンドの脇から声を出しているだけだった。午後の一時から四時までキャッチボールにはじまりノック、バッティング練習、走塁練習までやった。そのあいだ浩二は動きっぱなしだった。コーリングにいた頃草野球は何度かやったが、あんなに動いたことはなかった。

それにしてもみんな下手くそだった。浩二のチームも下手くそばっかりだったが、このチームはもっとひどいと思った。長久保は「運動神経のいい子どもたちはみんなサッカーに行ってしまうんだ」と言った。でなければ、親がその気の家の子は正規のリトルリーグに入ってしまう。結果、ふつうの軟式野球には鈍い子しか集まらない。

夕方結婚式から帰ってきた長久保が浩二に焼肉をごちそうしながらそんなことを言った。木内君は「淋しいですよね、やっぱ」と言ったが、長久保は「おかしくて、いいよな」と笑っていた。

長久保は会うたびに中小企業の二代目らしくなると浩二は思った。長久保のほかに二代目なんか知らないが、顔つきもしゃべり方も仕草も物に対する感じ方も、全部それらしく見えてしまうところがおもしろい。浩二は四日前の水曜日の夜に長久保から電話を受けたときから、ヒゲパンのことを思い出しては考えていた。しかし焼肉を食べながら長久保はヒゲパンの話を出さなかった。長久保はもう忘れているのかもしれないと思った。

ヒゲパンは浩二たちのチームの監督ではなかったから、憶えていないことだって考えられる。浩二たちは第一小学校のチームで、ヒゲパンが監督をしていたのは稲村ケ崎小学校のチームだった。学校は違っても練習する場所が同じだったから、浩二たちの練習ぶりを見るに見かねてヒゲパンがときどき寄ってきて声をかけたのだった。「セカンドはもっと右だ」だとか「ショートは前に立て」だとか言われて、浩二たちは余計なお世話だと言い返した。ヒゲパンはヒゲパンで「だからおまえら下手なんだ」と言って自分の方に戻っていったが、結局浩二たちはヒゲパンの言ったとおりにポジションを変えた。ヒゲパンもそれぐらいわかっていて、浩二や長久保や荻田を見てにやりと笑った。だいたいその三人あたりが中心なんだろうとヒゲパンも知っていた。

浩二は食器をテーブルに残したまま布団に横になり、「痛ててて」と声を出した。寝る動作と起きる動作が一番痛い。痛いことは痛いが、まさかこれで仕事を休むような痛みとはまったく違う。それなのにさっきからまるで仕事に行けない痛みででもあるかのようにぐだぐだしてると思った。

もう一度起き上がり、京子がつけたままにしていったテレビを消し（テレビはワイドショーをやっていた）ステレオのスイッチを入れ、CDとテープを探したが聴きたいのが見当たらなかったのでやめた。スイッチは切らなかった。食器を流しに置き、半開きだった窓を全開にしてもっと風を入れ、また「痛てて……」と声にしながら布団に寝転んだときには美緒のことを考えていた。美緒の一所懸命に話す話しぶりを思い出していた。

コーリングを辞めていったさきが不動産会社で、営業の横に坐っていればいい、つまりぱっと見のいい女でさえあればいいという仕事なのだが、美緒は給料がいいからやると言った。面接した片っ方の三十ちょっとの男は感じよかったけど、もう一人の偉そうなオヤジがすごく嫌な感じだったと言った。

そのオヤジの目つきを「こうなのよ。こう——」と言って美緒は真似して見せた。たいがい美緒は言葉で説明するよりも、口調、目つき、仕草をそのまま真似た。美緒は人の特徴を捉えるのがうまかった。〝偉そうなオヤジ〟の目つきはからだのすみずみまで舐めまわすような目つきだった。相手への侮蔑も含まれていた。

浩二はたぶんただ「アハハ」と笑っただけだった。あのときにただ笑ったことを、浩二は別れてからしばらく後悔した。あのとき美緒が浩二に要求していたのは、ただ笑うことではなく美緒に向かって「そんなところ、やめろ」と言うことだったのだと、あとになって考えたのだった。「土井さんはいつでも『勝手にすれば——』よね」と、美緒は言ったのだから。

「勝手にすれば」と言った憶えはないが、こうしろともするなとも言ったことはない。美緒の決断に自分が関わることがあるなんて浩二は考えなかった。「やめろ」とはいままでも誰に向かっても言わない。しかし「やめろ」という言葉を言う言わないでなく、美緒が一所懸命話している（あるいは、訴えかけるように話している）その場にもっときちんといて、美緒の話すのをきちんと聞いて、美緒がこの話をここに力を入れてしゃべっているその気持ちが何なのか、きちんと見ようとする、というそういうことを、もしもう一度チャンスがあるならしたいと思うのだった。

浩二はまた「痛てて」と声に出して起き上がり、テープの中から〈七〇年代ポップス〉と書いてあるのを探しはじめた。〈七〇年代ポップス〉のテープは1から4まであったはずだった。コーリングにいたとき藤枝が作ってきた（藤枝は浩二よりも三つも年下のくせに古いポップスをよく知っていた。藤枝の感じ方はウェットで好きではなかった）。よくかけたのは2だった。ショッキング・ブルー、アース＆ファイアー、シェール、メリー・ホプキンス、オリジナル・キャスト、……浩二が中学から高校にかけて流行った曲ばかり入っている。

浩二はそれをかけ、美緒はディー・ディー・ブリッジウォーターのテープをかけた

（半年前に買い替えたCDラジカセはすごくいい音がする）。浩二からもらったジャズの女性ヴォーカルで、これを浩二からもらったことは忘れていない。かけるたびに浩二を思い出すが、それが何か特別な感情を伴うことは美緒にはもうない。

　浩二からは女性ヴォーカルのテープを何本ももらった。どれもみんなすごく太くて低い声をしていて、最初は驚いたし好きになれなかったが、あるとき急に好きになった。それ以来、美緒はしっかりしたいときにかけるようになった。この人たちの歌う声を聴いているとしっかりするような気がする。

　美緒は一度着たグレイの面接用のタイト・スカートを脱いでジーパンに着替え、窓を全開にした。面接に行くのをやめたのではない。早すぎたのだ。こんなことのために早く準備したのがシャクにさわったし、こんな気持ちでは負けてしまうと感じた。窓からは、遠くでかなり大きなビルの工事のクレーンの動いているのが見える。美緒は「今日も動いているのをちゃんと見た」と思った。あのクレーンが動いているのをちゃんと見た日は、一日あまり悪いことは起きないと思うのだ（証明されたことは何もない。しかし、美緒はつねにそういうジンクスを作って持っている）。流しの側の窓も開けると風が部屋を通り抜けていくのがよくわかった。いまのアパートは古い建物だけれど、前のワンルームの部屋ではこういう風は吹かなかった。そういう違いが感じられるのが美緒はうれしかった。そして掃除機をかけはじめた。

ベッドの裏、テレビの裏、冷蔵庫の下と裏、食器戸棚を少しずらしてその裏（これは冬にもらった。幅は一メートルもない。食器もあまり入っていない）、ファンシーケースの下と裏、押入れの隅（上の半分はクローゼット代わりになっている）、押入れの襖の鴨居の上、台所との境いの鴨居の上。掃除機をかけていると美緒は冬でも汗をかく。それでいまもブラウスを脱いだのだけれど、前にキミちゃんに「掃除機かけてると汗かくよね」と言ったら「そんなことないよ。美緒、変わってる」と笑われたことがあって、掃除機をかけていて汗をかくたびに美緒はそれを思い出す。

フィットネス・クラブでは恵子が〝杏奈ちゃんのお母さん〟つまりチエの泳ぎに驚いていた。チエは競泳の選手のように見事なフォームで休みなく四往復泳ぎ、いま五往復目に入っていた。

着替えを終えてまずチエは恵子と一緒に一往復ごとに休みを入れて四回泳いだ。恵子はそれだけで呼吸が苦しくなってしまい、いったん上がってベンチに坐ることにした。館内にはピアノだけで演奏されている曲がかかっていたが、恵子にはそれがクラシックではないらしいということしかわからなかった。それでも主に高音で弾かれているそのピアノはとても澄んだ響きをしていて心地よかった。そしてチエの泳ぎがきれいなので見ているだけで退屈しなかった。

ほかの人の泳ぐのを見ていると、十人ちょっとのうちの半分はだいたい自分の泳ぎとあまり変わらないと思った。二、三周泳ぐと一回休んでいる。みんながチエみたいに泳いだらちょっと恥ずかしかったかもしれないけれど、これなら気にならないと思った。人から誘われるままについていく恵子は、そこにいるみんながこうこうだったらどうしようという風に事前に考えることがない。それにいまみたいに一人でぼんやり坐っていることも苦にならない。

チエがプールから上がってきたときには、恵子はチエが何往復泳いだのかわからなくなっていた。チエは肩で激しく息をしながら恵子の隣りに坐った。恵子の呼吸はずいぶん前から静まっていた。

「チエ、すごいのね」

「しょっちゅう来てればこのくらいになるわよ」

チエがさらっと答えていると、ずいぶん年配の女性が「今日は二人?」とチエに声をかけた。チエも親しそうに「ええ。こんにちは」と返事のような挨拶のようなことを言ったが、年配の女性は歩調を緩めずにロッカーの方に消えていった。

「あたしの母親ぐらいかしら――」

「今年六十五ですって」

「びーっくり」

恵子の夫の中川は変わった計算をする。「おれがいま三十三だろ？　親父が三十三のときにはおれ、小学校一年だったんだよな」とか、「恵子のお母さんがいまの恵子の年のとき、恵子いくつだった？」とか、つまり自分たちの年齢と親の年齢を重ね合わせる。最近では恵子も中川の癖がうつってしまい、人の年齢を自分や中川や親の年齢とつい比べている。いまの女性は恵子の母親より七つも年上だった。恵子の母親は泳がない。恵子が母親の水着姿を見た記憶といったら、幼稚園の頃一緒にプールに行ったときまでだった。当時三十か三十一、いまの自分とだいたい同じだ。

恵子は「杏奈ちゃんの――」と言いかけて、チエに「チエ」と訂正された。

「――チエのお母さん、いまでも泳ぐ？」

「あたしの母？　とんでもない」

チエのお母さんが今年七十になるんだと聞いて恵子はまた驚いた。

「それに、車椅子の生活だし――」

恵子にはもうまく返事ができなかった。恵子は病気も怪我もしたことがない。恵子の両親も妹も健康だし、夫の中川の家族にも病人がいない。恵子は何か言わなければいけないと思ったが、何も言えなかった。

「そうなの……」

恵子がそれだけ言うと、チエは笑って「困った顔しないでよ」と言った。

「二年も車椅子乗ってれば、それも生活の一部分になっちゃうんだから」

二年と聞いてまた驚いたがチエのしゃべり方は少しも変わっていなくて、ほっとした。恵子はコーリングですごく神経質だった青山さんを思い出した。あの人には冗談のつもりで言ったことがほとんど全部悪口にとられてしまった。恵子は自分がとてもうっかりした人間だと思っているから、あの人には極力近づかないようにしていた。

「恵子がそういう人間だから、恵子のまわりには神経質でピリピリしているような人は自然と近寄ってこないものよ」とエッちゃんは言った。「もっとも土井さんは別だけど」とも言った。土井さんはわざわざ青山さんの前にいってあの人をキイキイ言わせていた。

「また青山さんをおこらせた」と恵子が言うと、浩二は、「おれは仲良くしようと思って近寄ってんだよ」と言って笑っていたが、とばっちりを受けるのは恵子たちだった（もっともエッちゃんは一度すごいタンカをきったから、それ以来青山さんはおこってもエッちゃんには近寄らなかった）。

　土井さん、藤枝さん、平岡さんの男三人はたいてい寄り集まって悪い相談をしていた。経理の前田さんはそれが目に入ると気が散って仕事が進まなくなった。前田さんは仲間に入りたいくせに気が小さいからいつもぐずぐず言っていた。藤枝さんは派遣のリストでかわいい子を見つけると必ずエッちゃんに見せにいった。エッちゃんが派遣の窓口だったからだが、本当は藤枝さんはエッちゃんが好きだった。エッちゃんのことは土井さんも好きだったが、土井さんは気が多すぎた。平岡さんは大学の同級生だった子とつき合っていると言っていたが、いつか知らないうちに岩本さんとつき合いはじめた。岩本さんは最初ネコを被っていたがすぐに性格の悪いのがバレた。でもどういうわけか平岡さんは岩本さんと別れなかった。もっとも別れないで平岡さんはバイトの子ともつき合った。新しいバイトが採用されると男の人たちはみんなウキウキしていた。かわいい子が来ると土井さんと平岡さんはその子のまわりから離れなかった。ノリちゃんが来たときなんて土井さんは一日中つきっきりだった。仕事なんか全然しなかった。でもノリちゃんはよく来ていた広告代理店の何とかさんにとられた……。

コーリングはみんな、誰が誰を好きかしか興味がなかったような事務所だった。あの頃はそれがあたり前だと思っていたが、いまではやっぱりちょっと極端な事務所だったかも知れないと思う。みんな二十代だった。恵子は最近、二十代の明るさが独特のものだったと思うようになった（夫の中川が最近しきりに「二十代は明るい」という言葉を口にするようになったのだった）。確かに二十代の頃はあの神経質な青山さんでさえ、前田さんの前ではニコニコ愛想よかった。三十になるとそれまでと同じではいられない。三十を過ぎていろいろなことが変わりはじめた。

恵子の思い出すコーリングの事務所に美緒が出てこないのは、美緒が入るより前に恵子が退職しているからなのだが、恵子も美緒もお互いに対するあるイメージは持っているし、美緒はエッちゃんのことは知っている（もっとも美緒は〝エッちゃん〟とは呼ばなかった。〝高橋さん〟と呼んでいた）。

美緒がコーリングに入った頃は、男たちのうち、平岡は転職し、前田は親会社に戻り、藤枝は結婚しておとなしくなっていた。藤枝はいつも資料を読んだり書いたりしていて、美緒たちアルバイトにはどこかよそよそしくて話しかけづらかった（そういう藤枝を五年前に辞めた恵子には想像できない）。アルバイト同士のほかに美緒がよく話したのは土井浩二と高橋悦子だった。浩二と悦子は幼なじみのように気が合っていると美緒は思った。

美緒は掃除を終わり、下駄箱から出したパンプスについていた小さな土を布で払っていた。CDラジカセからはさっきからずっとディー・ディー・ブリッジウォーターがかかっていた。

あの感じがうらやましかったんだ——と、美緒は急に高橋悦子と浩二がしゃべっているところを思い出した。何か頼みごとをするとき、悦子は「××してくれない？」と言うだけ、あるときはもっと素っ気なく「××しといて」で、浩二の方も「いいよ」とか「いまはダメ」を簡単に言う。坐っている浩二の脇に悦子が立って、浩二の肩や肘にごく自然に手をのせたりしてしゃべっていた。浩二とつき合っていた頃美緒は、浩二と悦子が寝たことがあるんじゃないかという想像がどうしても打ち消せなかったが、そういうことはもう美緒にはどうでもよかった。それよりもいまはあの二人の関係（というよりも、二人のいる感じ）がうらやましいと思っている。

コーリングがどこか浮わついた気分のある会社だったことは美緒も感じていた。長く事務をやっているはずの人なんかでもどこかプロらしくなかった。たいていみんなその日の気分の方が優先されていて、それで許される雰囲気が嫌だったが、藤枝が悦子や浩二に対しているときの様子なんかはまたそれとも違っていた。藤枝は普段はつまらなそうに仕事をしていたが（もっともその藤枝だけがまともに働いているようにも見えたのだが）、あの二人と話すときだけは楽しそうに見えた。美緒は、浩二、悦子、藤枝の三人でいると藤枝が末っ子のようにふるまっていると感じたことがあった。美緒は今日面接に行く会社がコーリングみたいなところだったらいいと思った。

まだ十時二十五分だった。面接は午後だった。美緒は早く出掛けて銀座で店を覗いてまわろうと思っていたのだが、そういう気分ではないと感じたからジーパンに穿き替え掃除機をかけた。そしていまはパンプスの汚れを拭いた。靴はいつも履くときにならないと手入れをしないと思いながら、冬に履いていたブーツにもオイルを塗った。

はじめてコーリングで高橋悦子を見たとき美緒は、中学のときにツッパッていた井沢由季子に感じが似てると思った。キミちゃんにそう言うとキミちゃんは「じゃあ、その人もきっとツッパッてたのよ。美緒はカンが鋭いから」と言った。

美緒もキミちゃんもツッパッていたし三人はかなり気も合っていたが、美緒もキミちゃんも井沢由季子のようにはなれなかった。井沢由季子はとても大人びていて、中学二年の冬休みにはもう男と二人で旅行に行った。近くの女子高から目をつけられていて、脇腹にひどいアザをつけていたこともあった。喫茶店で中学生の由季子の前で二十歳すぎの男が泣いていたという話もあった。井沢由季子は自分では絶対にしゃべらなかったが、噂はどこかから伝わってきた（でも噂で聞いたのよりもっといろいろなことが井沢由季子にはあったと美緒は思っている）。

高橋悦子の話から井沢由季子の話にうつったとき、キミちゃんは「でも井沢はアタマよかったよね」とあらためて感心しているみたいに言った。

「キミちゃんだってけっこう勉強できたじゃん」美緒は言った。

「井沢は勉強なんかしたことなかったもん。いま、獣医の学校行ってるんだって」

「違ってたよね」

井沢は試験でもいつも、一、二問はわざと間違えた答えを書いていたらしいけれど、いい点を取るとか取らないとか、そんなつまらないことに関係なく、美緒たちは井沢由季子のことを「すごい」と思っていた。

つき合いだして美緒は土井浩二に言ってみたことがある。

「高橋さんって、あたしの中学んときのウラ番だった子とそっくり」

浩二は「エツコだって昔は不良だよ。見りゃあ、わかるじゃん」と言った（美緒は不良じゃなかった男に不良のことがわかるものかと一瞬思ったが、その頃は浩二のことが好きだったのでこの考えはすぐに消えた）。

美緒は高橋悦子ともっといろいろ話をしたかったと思った。ブーツをしまい、立ち上がり思いっきり伸びをしながら窓の外を見た。ビル工事のクレーンはやっぱり動いていた。

浩二は窓の外を眺めながらスピーカーから七〇年代ポップスの流れるのを聴いていた。浩二が中学二年から高校一年までによくかかっていた曲ばかりが流れてくる。好きで聴いていた曲でなく、ラジオでよくかかるから結果憶えてしまった曲ばかりだが、そういう曲の方がかかるたびにあの頃の気分がそのままいまこの場所に戻ってくるような気がする。十五、十六、十七あたりというのはどうしてああ意味もなく、むなしいとかせつないとか人恋しいと感じていたんだろうと思った。

　この前電車で隣りに坐った女子高生の二人組は（一人が大人びてきれいだった）、浩二と乗り合わせた十分ちょっとのあいだ、ずっとポケベルを手に持って、３３４１がさみしいで、６７４１がむなしいで、０７２がオナニーだという意味のことをしゃべり、降りると一人が（きれいな方が）下を向いてしなやかな手つきで髪を左右に分けてホームに唾を吐いた。

　あの女子高生がさみしいとかむなしいと感じていると思ったとき、浩二は美緒を思い出していた。浩二とつき合っていたとき美緒は二十二だったが、美緒はまだ十代のさみしさやむなしさから少しも抜けていないように見えた。浩二は美緒のそんなところが途中からうるさくなった。「むなしい」だの「さみしい」だの、その種の感じはある年齢を境いに意味を持たなくなる実体のないものだと浩二はずっと考えていたが、このあいだホームに唾を吐いた女子高生を見て以来浩二はあれを忘れられなくなっていた。十代には（十代にだけは）むなしさもさみしさも実体としてあるんじゃないかと思うようになった。

浩二は事務所に電話をかけた。「痛てて」とはもう言わなくなっていた。一緒にやっている内山は当然のことながらすでに事務所にいて、浩二は「悪いけど今日休む」と言った。

「はいよ。わかった。

——明日は出るんだろ?

——じゃあ、電話かかってきたらそう言っとくよ」

浩二は内山のしゃべるのを聞きながら口許に笑いを浮かべた。内山は嫌味ひとつ言わない。内山は浩二を「まあ、こういうヤツだ」と思っているから、簡潔で要領を得たやりとりになる。間違っても恋愛のようなしつこいことにならない(「また今日も一人なのね」とか「きのうはそんなこと言ってなかったじゃない」とか、そういう台詞のことだ。この台詞を浩二は美緒の声でも京子の声でも考えなかった。これはもっと抽象的で誰の声も借りていなかった)。もっとも内山はすべてにいい加減だから、企画書や報告書も浩二が事細かに手を入れないことには格好がつかない。浩二は電話を切り、そのまま髭を剃りに風呂場にいった。

まだ歯も磨いていなかった。洗面台の前で屈んだときにはまた「痛ててて」と言っていた。浩二がさっきから考えていたことを事務所で内山にしゃべれば、内山は「ふんふん」と聞くだろう。そしてそのうちに全然別の話になっていき、もうはじめの話に戻ることはない。きのう替えたばかりの歯ブラシは歯茎から少し血が出たが、髭の方は皮膚を切らずに剃れた。電気のシェーバーを使わないから二日に一度は皮膚を切るのだ。

ヒゲパン、少年野球のヒゲパンは、鼻の下に黒々とした髭を生やしていたから「ヒゲパン」だった。浩二たちはヒゲパンの本当の名前を知らなかった。必要ともしていなかった。だから六年生の秋の大会が終わり少年野球のチームがなんとなく解散するとヒゲパンを見ることもなくなり、もう思い出すこともなかったのだが、「もっとちゃんと漕げ」「手ェ放さないから大丈夫だ」なんて声を張り上げながら、浩二が妹の自転車の練習をしていたとき、自転車で夕刊を配っていたヒゲパンとばったり会った。浩二は高校一年で、ヒゲパンの髭はなくなっていた。浩二が気づいて「あっ」と言うと、ヒゲパンも自転車を止めて「おまえ、この辺に住んでたのかよ」と言った。浩二は「まだ野球やってんの?」と言った。

「もう、やめた。かったるくて――」

浩二が愛想笑いしているうちにヒゲパンは「じゃあな」と行ってしまった。妹の自転車の練習の最中だったので浩二は恥ずかしかった。ヒゲパンにも間の悪そうな感じがあった。浩二の通っていた高校に少年野球のメンバーだったのは一人もいなかったから、浩二は誰にもこの話をしなかった。妹はそれから二、三日で自転車に乗れるようになり、浩二はもうヒゲパンを見かけなかった。だからやっぱり長久保はヒゲパンを憶えていないんだろうと思った。あのとき会ったから浩二はたまにヒゲパンを思い出すけれど、長久保は少年野球以来会っていないから思い出さないということなのだろうと思った。

あれが妹といたときでなくヒゲパンの新聞配達のときでなくても、きっと二人はバツの悪い顔をしたんだろうと浩二はいまはじめて思った。浩二が少年野球をやらなくなりヒゲパンが少年野球と関係なくなれば、どんな風に会ったところでバツは悪いんだと思った。

ヒゲパンが少年野球を愛し
ていたとか、子どもたちを指導することに情熱をもっていたなどと、浩二は一度も考えたことはない。これからも考えないだろう。ヒゲパンは浩二たちのチームの監督ではなかったから、もちろん詳しい経緯はわからないが、ヒゲパンはきっとふらっとあのチームの監督になった。それは「愛」や「情熱」なんかではない。監督のいないガキたちが野球の練習をしていたときに、それを見ていたヒゲパンが「下手くそ。バット貸してみろ。おれがノックしてやるよ」と言ったのがはじまりでああなった。ただそれだけのことだったと浩二は想像している（ただそれだけ――この言い方にはしかしそれなりのノスタルジーやロマンティシズムの色合いがあることを浩二自身感じている）。

浩二の部屋の七〇年代ポップスのテープはオートリターンで再びA面に戻り「悲しき鉄道員」が鳴りはじめ、美緒の部屋ではディー・ディー・ブリッジウォーターのあとカサンドラ・ウィルソンのテープに替わり（これも浩二が録音した女性ヴォーカルだ）、恵子のいるフィットネス・クラブではさっきからずっと変わらずソロ・ピアノの曲が流れていた。

恵子としばらく話したあとチエはもう一度泳ぐと言い、恵子も一緒に立ったが、チエは「疲れたらさきにサウナに行っててもいいよ」と言った。しかし一人で行くのも気おくれするから一緒に水に入って一往復泳ぎ、少し休んでもう二往復泳ぎ終わったときには、恵子は激しい呼吸で肺が熱くなっているように感じ、水から上がってみるとからだは普段の重力を支えきれないみたいになっていた。チエはさっきと少しも変わらないように泳ぎつづけていた。

恵子はさっきまでと同じベンチに腰掛け、チエが泳ぎ終わるのと自分の呼吸がおさまるのを待つことにした。さっきチエは「母は脳梗塞やっちゃったの」と言った。だからそれきり車椅子の生活になってしまい、いまでも単語しかしゃべれないと言った。それも短い単語だけ。元気にしていたときには考えられなかったが、実は母はひどい偏食だったことがわかったと言った。それを家族は誰も知らなかった。知ったときちょっと感動したと言った（感動の意味が恵子はわからなかったが訊き質さなかった。訊いてもきっとそういうことはわからない種類のことだと恵子は思っている）。母は子どもと同じ。いまでは杏奈の方がずっとよくわかると言った。家の人間が暗い色の服を着ていると機嫌が悪く、鮮やかな色を着ていると機嫌がいいと言った。恵子は「そうだったの――」と言ったが、「でもあたし、もともと派手なのが好きだったからね」とチエは笑った。

そこまでチエがしゃべったところでさっきとは別の、たぶん四十ちょっとの女性が

「どう調子は?」とチエに声をかけ（彼女はとてもきれいに陽に灼《や》けていた）、プールに向かっていったのでチエの話は途切れたのだった。「あの人、喫茶店のママなの」とチエは言い、そこに中学のときから入りびたってたんだとつけ加えると、「じゃあ、もう一回泳いでくるかァ」と立ち上がった（つられて恵子も立ち上がった）。

チエはここで育ったんだと恵子は思った。恵子は結婚してここに来た。恵子には行く先々に顔馴染みがいる感覚がわからない（うらやましいともうっとうしいとも思わない）。

エッちゃんもそうだったと恵子は思った。京王線の駅から商店街を抜けて家に着くまでに、エッちゃんが五人も六人も挨拶するので驚いた。どう見ても十歳は年上の魚屋のおじさんに向かってエッちゃんは「リョウちゃん」と呼んだ。「『リョウちゃん』なの?」恵子がエッちゃんに言うと、エッちゃんは「だって子どものときから『リョウちゃん』だもん。いまさら変えられない」と言った。それからエッちゃんはほかの店で「今日は早いのね」と言われたり、「お友達?」と言われたり、八百屋さんからホウレン草をもらったりした。

次の日コーリングでそれを言うと、土井浩二が「如才ない不良だな。不良でも商店街で挨拶してたのか」と言い、エッちゃんは「不良じゃなかったわよ」と言った。横にいた藤枝は「高橋さん、不良だったんですか――」と言い、エッちゃんは「だから不良じゃなかったのッ」と言ってから恵子に顔を向けて、小声で「土井が考えるほどはね――」と言った。もちろん土井浩二にも藤枝にも聞こえていて藤枝はエッちゃんの方を見ずに「そうなんですかぁ――」と言った。そこから先は忘れた。

エッちゃんは不良ではなかったが不良に間違えられやすい雰囲気を持っていた。頭がよかったから相手が（たとえば浩二が）エッちゃんを元不良のように扱えばエッちゃんもそれっぽく振る舞った。が、これはあくまで恵子の想像で、本当は恵子が想像するよりエッちゃんは悪かったのかもしれない。エッちゃんがものすごい目でガンをいい、飛ばしたところを恵子は見たことがあるからだ。それも一回だけでなく二回。はじめてのときは「エッちゃんいますごい目つきしてたよ」と言ったけれど、二回目のときは言えなかった。でもそれっきりエッちゃんのあの目つきは見なかった。エッちゃんがどんな高校生だったか恵子にはわかっていない。土井さんはチエを見て不良だったと言うだろうか？　きっと言わないだろうと恵子は思った（でも土井さんならもっと意外なことを言うかもしれない）。チエは泳ぎ終わって恵子の方に歩いてきた。

「サウナ行こうか」

恵子は「そうね」と答えてベンチから立った。

浩二は窓の外を見ていた。七〇年代ポップスはアース＆ファイアーの「シーズン」になり、どこかに出掛けるつもりになっていた浩二はダンガリーシャツのボタンを掛けていた。「シーズン」というこの曲はひと冬ラジオからずっと流れていた。ショッキング・ブルーの二番煎じのようなオランダのバンドだった。下手で単調なドラムに安っぽいギターの音。間延びしたテンポに野暮ったいアレンジ。しかしそれがいまはよくて、途中で男のヴォーカルと入れ代わる女の声が浩二にはせつないように聞こえていた。

十代のせつなさやさびしさは、原因らしい原因も持たないし対象もない。だから他人《ひと》はつまらないと一蹴するが、原因も対象もないからこそ逆に解消のされようもない。せつなさやさびしさは、それを抱えている当人にはとてもやっかいなものなんだと浩二は思うのだった。

浩二は自分自身の十代を（十代に感じていたことを）誰かに向かって擁護しようとは思っていないが、駅のホームで唾を吐いたポケベルの女子高生や、美緒の感じていたことはいまは誰に対してでも積極的に擁護したいと思った。そして浩二は再び美緒を思い出していた。

美緒はキミちゃんの会社に電話したところだった。高橋悦子のことを考えながらキミちゃんに「今日一緒にお昼、食べられる？」と訊き、キミちゃんはすぐに「うん、いいよ」と言った（キミちゃんはいつももったいつけずに「うん、いいよ」と言ってくれる）。美緒は「ありがと」と言い、キミちゃんは「ヘンなの」と言って、二人は市ケ谷の改札で待ち合わせることになった。

美緒はサボテンの小さな鉢を十二個全部窓の外に並べて部屋を出た。ベランダといえるほどのものでなく、ただ手《て》摺《すり》が三十センチ程度張り出しているだけだが、そこに板を置いてたまにサボテンを並べて陽に当ててやる。キミちゃんが「サボテンは人の気持ちがわかるから、かわいがっていることを行動で示してあげるといいの」と美緒に言ったのだ（「部屋が殺風景だから鉢植えでも置けば？」と言ったのもキミちゃんだった。前の部屋のことだ）。

西武新宿線の駅までの道を歩きながら美緒は、今日行く会社の面接官が高橋悦子だったらいいと思った。ありえない話だけれど高橋悦子がそこにいたらきっと受かるだろうし、働くのも楽しいだろうと思った。コーリングに勤めたとき最初にしたのは、みんなの交通費とか会議費の領収書を別のファイルに書き写す仕事だったが（パソコンでなく手書きだった）、自分の分が一区切りついてもまわりが仕事をしているから話ができなくて馴れるまですごくいづらく感じたのを思い出した。店頭に立つ仕事だったら美緒は一日目から隣りに立っている人と同じ仕事をしていると感じることができる。事務という仕事はどこでもそういうよそよそしいものなのか、美緒にはわかっていない。いまの美緒にはただ高橋悦子に対する親近感だけが膨らんでいた。

高橋悦子が「『お願いします』っていうのは命令だってことが、わかってないから困るんだな」と言ったのを、美緒はいまでも憶えている。派遣の窓口で悦子の隣りに坐っていたとき（美緒はたまに手伝いで悦子の隣りに坐った）、小生意気な女が帰ったあとで悦子が美緒に小声で言った台詞だった。美緒は悦子のどこか脅しめいた言い方が好きでいまでもいろいろ憶えている。

「たいしたことじゃないと思っていい加減に聞いてると、足許すくわれるよ。あとで泣くのは自分だよ」とか、

「だから、『私はこうこうだと思ってたんです』は、言い訳になってないんだってば。

こっちが説明したことを守ったか守らなかったかだけが問題なのよ。それが仕事なのよ」とか、

「趣味で後悔して、うだうだ言ってんじゃねえよ。後悔してるヒマがあったら対策を考えな――って」とか――。

みんな悦子の言った台詞だ。美緒が「この女感じ悪い」と思ったとき、悦子は帰っていく相手の背中に向かって必ず何か一言言ってくれた。中学の井沢由季子もそうだった。彼女も美緒の言いたいことを美緒に替わってスパッと言ってくれた。美緒は高橋悦子や井沢由季子や自分やキミちゃんは同じ感じ方をするグループなんだと思ったのだった。だから浩二から「そんなにつまらないことで、いちいちおこるなよ。そんなに誰にでも敵意を持つなよ」と言われたとき、「高橋さんだってそうよ」と言い返すことができたのだった。このやりとりを美緒はいまでも忘れていない。

高橋悦子とはゆっくり話せなかったが、美緒はコーリングにいたあいだ自分は悦子の「仕事は仕事。趣味や遊びじゃない」という要求に応えられていると思っていた。だからいまも悦子が今日いたらいいと思っているのだった。

事務の仕事は相手が同じ事務所の中の人間だから失敗しても「ごめんなさい」です

んでしまう。窓口や店頭の仕事は知らない人が相手だから油断できない。寛容な人と短気な人の違いは外見からはわからない。その感じが自分に合っていると美緒は思う。悦子にもその感じがあったと美緒は思っている。ツッパッてたことのないような子は相手がちょっと生意気なことを言うだけで、その場で露骨におこったりシュンとしたりする（美緒が経験から考えたことだ）。コーリングにいた神経質な青山さんなんかにはそういう仕事はできない。小山雅代にだってできるはずがない、と美緒は思った。

十二時。美緒はキミちゃんとランチタイムの喫茶店に入り、恵子はチエとファミリーレストランに入り、浩二はまだどこにも出掛けずに部屋にいた。ランチタイムの喫茶店ではホイットニー・ヒューストンがかかり、ファミリーレストランでは竹内まりやがかかり、浩二はいまは音楽をかけていなかった（七〇年代ポップスはだいぶ前に止めた）。

浩二は「南にある山々のうちで、ルビーナの山はいちばん高く、いちばんごつごつしている。石炭の原料になるあの灰色の石がいっぱい転がっているのさ。だけどルビーナじゃあれで石炭をつくるわけじゃない。あそこじゃ何の役にも立たねえ石さ。連中はあれを石ころって呼んでる。だからルビーナに上がっていく坂道のことも、石ころ坂って言うのさ。風や太陽にさらされて、石ころはぼろぼろに風化し、あの辺一帯の土は白くきらめいている。明け方の露にしっとりと濡れたみたいにな。……」ではじまる短い小説を読みはじめていたが、あまり頭に入ってはいなかった。

〝サムライ・ファイターズ〟——というのが長久保が監督をしているチームの名前だが、あの子どもたちが下手なのはいまの浩二にはどうでもいいことだった。そんなことよりもあの子どもたちに生意気さがなかったのが、日曜日のつまらなさの原因だったんだと思った。

子どもたちは木内君に連れられていった浩二に、帽子をとって「よろしくお願いします」ときちんと挨拶し、木内君に「じゃあまずグラウンド三周」と言われると整然と走った。肥満児が二人いて、浩二は自分たちのチームにいた走るのが嫌で嫌で仕方なかった矢島を思い出したが、二人の肥満児はただ黙々と走り、矢島のようにすぐに怠けるようなことはしなかった。浩二は従順なのは子どもも大人も好きではない。従順なのよりもやる気がないヤツの方がよっぽど好きだと思っている。日曜日、あそこに行く前に浩二の想像していたのは、生意気だったりやる気のなかったりする子どもたちとタメグチでやりあうことだった（そして最後は「もう来んなよな」と言われて別れるのだ）。結局そんなことは一度もなく終わった。浩二はあの子どもたちにまったく記憶されないだろうと思った。

　つまり自分をヒゲパンとダブらせようとした浩二の期待は空を切ったのだが、いままで思い出した以上のヒゲパンの記憶は浩二にはなかった。浩二はもうこれ以上ヒゲパンのことを記憶していないようだった。ヒゲパンの記憶の少なさが意外だったが、確かにこんなものかもしれないとも思った。ヒゲパンは自分たちのチームじゃないチームの監督で、浩二自身が少年野球を卒業して何年かしたときにヒゲパンが新聞を配っているところと会った……。それだけだった。

　もちろん印象の強さは記憶の量と関係ない。しかしそれではヒゲパンの記憶は、小学校のときに見た鎌倉駅のロータリーでバスに轢《ひ》かれた自転車の主婦の記憶と変わらないじゃないかとも浩二は思った。ヒゲパンは生きている人間だから（少なくとも浩二はいま、ヒゲパンを生きている人間として思い出しているのだから）、こういう思い出し方は違うと思った。しかしいま思い出しているような思い出し方しか浩二にはできなかった。思い出すということが何か根本的に違うことなんだろうかと浩二は思った。

では美緒は？　美緒の方がやっぱりヒゲパンよりも生きていると浩二は思った。そしてヒゲパンと会っても何も話すことはないだろうが、美緒と会ったら話すことがいろいろある（浩二はそう思っている）。

美緒はその時間、キミちゃんが元気なさそうにしていることに戸惑っていた。店の曲はマライア・キャリーの「ウィズアウト・ユー」に替わっていた。

美緒はキミちゃんがいつもと違うのに気がつくまで自分のことばかりしゃべっていた。キミちゃんが言うとおりあたしはやっぱり事務に乗り気じゃない――、机に向かう仕事ってどこかよそよそしい――、マネキンみたいに知らない人の相手をする方が向いているみたいだ――、でもとにかく早く働きたい――、会うたび兄貴が「いいよな、おまえは。ずっとそんなことしていられて」って言うのがムカつく――、兄貴は自分があたしの部屋代払ってるような顔をする――、あたしの家族はキミちゃんのところみたいにちゃんとしてないから――、でもやっぱりいまどき事務であたしなんか採らないよね――、早く結果聞いて、やっぱり何か接客の仕事やろうって思う――。

だいぶしゃべって少し気がすんで、美緒は、

「今夜、カラオケ行こうか？

坂本さんとか誘っちゃってさあ」

と言ったのだが、キミちゃんはそれに返事をしなかった。美緒はそのときになってやっとキミちゃんがずっと空返事だったのに気がついたのだった。坂本さんはキミちゃんの会社にいる二、三歳年上の男だ。陽気だから一緒に飲んだりするのが楽しい。美緒はいままでキミちゃんと坂本さんのあいだに何かあるとは考えたことがなかったが、そのとき不意に違ったのかと思った。キミちゃんは、

「坂本さん？

最近はそれどころじゃないと思うよ」

と言った。そして「あの人、最近はいつも十時、十一時みたい」とつけ加えた。

「あの人も仕事するんだァ」

美緒は笑って言ってみたが、キミちゃんは笑わずに「とんでもない」と言った。坂本さんはいつも冗談ばっかり言っているけど、やるときはやる人なんだと言った。

美緒は「なんだ、そうだったのか」と思った。〝やるときはやる人〟は結局ズルい

から美緒は信じない。というか、好きじゃない。土井浩二を思い出した。

しかし坂本さんのそれとキミちゃんが元気がないのとどう関係あるのか、美緒にはわからない。それに美緒はキミちゃんから仕事の話を聞いたことがなかったから、坂本さんがどんなことをしているかもまったく想像できなかった。キミちゃんは美緒に仕事の話なんかしたことがなかったし、キミちゃんが誘ってくる坂本さんやほかの人たちも、飲みながら仕事の話をしなかった。

「どうかしたの？」美緒は訊いてみた。

キミちゃんはすぼめた唇を右左に動かしながら店の中を目の動きだけで見回した。美緒は久しぶりにキミちゃんの苛立っているときの癖を見た。キミちゃんは大人だから、こういう様子をめったに見せなくなっていたのだった。

「四月ぐらいからバカな課長が来て、急におかしくなっちゃって——」とキミちゃんは言った。美緒は黙ってキミちゃんを見ていた。

さっきも出ようとしていたら「ちょっと」と呼ばれたんだとキミちゃんは言った。美緒は「その課長が？」と訊いた。キミちゃんは頷くかわりに唇を曲げた。キミちゃんは「お昼に出るところなんですけど——」と言ったが、そいつは「二、三分だから」

と言い、「約束ですから——」と言うと、そいつは「仕事の相手か？」と言った。キミちゃんは「はい、秘書室の××さんに呼ばれたんです」と強く言い（美緒は「ウソばっかり」と言ったがキミちゃんは笑わなかった）、最後の「です」を言い終わる前に立ってくるっと振り向いて出てきてしまったんだと言った。

それでも美緒にはぴんとこなかった。その程度のことでキミちゃんが困ったり腹を立てたりするとは思えなかった。だいたいキミちゃんは会社ぐらいいつだって辞めてやると言ってたはずだった。

「細かいヤツなのよ」とキミちゃんは言った。「いちいち『きのうどうしてた』『あれからどうした』ってネチネチ訊く男がいるでしょ？　猜疑心がやたら強くて、何でも詮索する——っていう。そういう男と一緒にいるみたいで、坂本さんとかみんな、イライラ、カリカリ、ジリジリ、ギリギリしちゃってるの」

キミちゃんは相当頭にきているようだったが、「イライラ、カリカリ、ジリジリ、ギリギリ」と憎々しげに力を入れる語調が美緒には気持ちよかった。それで美緒は口許に笑いを浮かべて「へえぇ」と返事し、キミちゃんが「でも不思議なものね。たった一人、人間が替わるだけで、あんなに雰囲気が変わっちゃうんだもんね」と言うのを聞いた。

「どこでもそんなもんなのかなぁ」と美緒は言った。

「わかんない」キミちゃんは言った。

「そういうことで、みんなの感じって変わっちゃうのかなぁ」

キミちゃんは「美緒、子どもみたい」と笑った。

でも目が笑っていないと美緒は感じた。そして「子どもみたい」なんて言わなくてもいいじゃないかと思った。

美緒はこういうことが重なって、キミちゃんが会社のことばかり考えるようになるのかもしれないと思いはじめていた。それでキミちゃんと会いにくくなるのを想像し、さっきまで思い出していた高橋悦子も、こういうつまらないことの積み重ねで自分の思い描く高橋悦子でなくなっていることもあるんだと感じた。これから行く面接に悦子が出てきて、美緒がほっとして親しげに笑っても知らない顔をされたり、すごく嫌味な細かい質問をするような人になっていることもあるんだと思うと急に気持ちが重たくなった。

恵子は高橋悦子〝エッちゃん〟がそうなっていないことを知っている。エッちゃんは恵子が二十一で知ってからずっと変わらずエッちゃんだ。恵子が結婚して子どもを産んでもエッちゃんはずっとコーリングでがんばってる（恵子はこのごろエッちゃんの話を聞きながら、がんばってると思うようになった）。

「エッちゃん、慕われちゃってるじゃない。みんなから――」と恵子が言うと、エッちゃんは「それが疲れるんだってば――」と言うのだ。

「なんであたしがみんなを代表して、菱沼さんと喧嘩しなくちゃいけないのよ」と言われても、恵子は「菱沼さんかぁ――、昔はよく飲みに連れていってくれたのにねえ」としか答えられないが、そういう話をぽろり、ぽろりと聞くうちに恵子は「エッちゃんはがんばってる」と感じるようになっていたのだし、みんなが変わってしまったりいなくなったりしていく中で、ずっと変わらないでいるエッちゃんに感動のようなものだって感じることがあるのだった。

　エッちゃんは何を言うときも聞く側を不愉快にも憂鬱にもさせない。いま恵子がはじめてゆっくり話をしているチエもそうだと恵子は感じている（世間にはそうじゃない人がいっぱいいる）。二人ともきっと、気をつかっているわけではなくて、もともとそういう人なんだと恵子は思っている。気をつかって話す人は嫌いじゃないけれどやっぱり疲れる。エッちゃんといても疲れないし、チエといても疲れていない。ファミリーレストランの音楽はずっと変わらず竹内まりやで、恵子は竹内まりやにこんなにいっぱい歌があったのかと思った。

チエはさっきから店の女の子が気がきかないことに腹を立てていた。フォークの先が汚れていたから呼ぼうとして手を上げたときも、店の女の子はなかなかこっちを見ない。三人いるのにみんなそれぞれ、ぼんやりただ一つところに顔を向けているだけだった。そして今度は食事のあとのコーヒーを持ってきてほしいのに、女の子たちは厨房から出てくる皿を受け取っては目的のテーブルまで真っ直ぐに歩き、少し離れた恵子たちの席まで目が届かないのだった。

チエは「ポーズつくってる場合じゃないって言うの」と言ってみたり、『いらっしゃいませ、ようこそ』だけが仕事じゃないだろ」と言ってみたり、「視野が狭いんだよ。魚眼レンズつけちゃうぞ」と言ってみたり。チエはつまりエッちゃんのように腹を立てているのだった。エッちゃんも気のまわらない子が大嫌いで、次から次へ悪口が出てくる。

恵子はエッちゃんやチエのように腹を立てない。ただそういう悪態をおもしろがって聞いているのだが、不意に、チエが今日最初から恵子を誘うつもりだったんじゃないかと思った。そうでなくて水着を二つ持っているわけがない。チエはたまたま二着持ってきたなんて言ったけれどそんなはずない。恵子がチエを見てエッちゃんに似ていると思っていたように、チエも恵子のことを友達の誰かに似ていると思っていた（だから話してみたかった）という想像が浮かんだ。

むしゃくしゃしたとき、エッちゃんは突然恵子の家のそばまで車で来て電話をかける。「ケイ、出られない？」夜の十一時でも十二時でもおかまいなしで、そのまま辻堂や茅ヶ崎の海岸まで行ったり河口湖まで行ったこともある。エッちゃんは恵子にあたらないけれど、運転しながら前の車とか道路標識とか建物とかいろんなものにあたる。あたってエッちゃんはいつもよりずっとおしゃべりになる。

むしゃくしゃしたときエッちゃんはそういうことをする。チエにも何かそういうことがあったんだろうかと恵子は考えてみたが、訊かなかった。チエがさっきから店の女の子たちのやることに苛々しているのもそういうことと関係あるのかとも思ったが、恵子はただチエのしゃべるのを聞いていた。

そのとき美緒は「やっぱり、面接行くのやめようかな」と言い、キミちゃんは「そんなこと言わないで、行くだけ行ってみなよ」と答えていた。そして美緒はキミちゃんに、夕方も会って一緒にご飯食べてちょっと飲もうと誘おうと思ったのだが、断わられるような気がしたから言わなかった。

五時すぎ、美緒は二時間前に面接を終わり新橋から銀座まで歩き、銀座四丁目の交差点の近くの喫茶店に入った。面接は感触が悪く絶対ダメだと思った。面接だけでなく適性テストみたいなものまでさせられた。もちろん高橋悦子はそこにいなかった。悦子がいなかったことにむしろ美緒はほっとした。昼にキミちゃんの話を聞きながらあんなことを考えてしまったから、美緒は高橋悦子に会う気がしなくなっていた。

土井浩二は新宿でカレーを食べたり紀伊国屋で本を見たりしたあとで『コントラクト・キラー』という映画を渋谷で再映しているのを知ったところだった。自分と同じ年のフィンランド人がロンドンで撮った映画だった。三年前浩二はこの映画を観ながら、七〇年や七一年頃に十五、六だった自分がしてたのと同じように、大真面目にロックを聞いていた同年代のヤツが日本だけでなくフィンランドにもいたことを知り

(同年代の人間にはそういうことが伝わってくる映画だった)それまで感じたことのない興奮を感じた。次の上映時間は七時十五分だった。

恵子は夕食の仕度をはじめたところだった。

子どもの太郎は幼稚園から帰ってくるとすぐに友達のヨウちゃんとカッ君を呼んでファミコンをはじめた(杏奈ちゃんはすごく飽きっぽくてファミコンにも熱中できないとチエは言った)。そのあと三人で幼稚園の先生の物真似なのかはじめて見る遊びをやって、四時すぎに二人が帰るとしばらく幼稚園の話を恵子に聞かせ、しゃべり終わるとまたファミコンをはじめた。太郎はしゃべりたいことをしゃべって気がすむとファミコンに戻る。夫の中川は太郎を見て「誰に似たんだろう」と言う。実際、中川の性格とも恵子の性格とも違う。大ざっぱで徹底したマイペース。人の話なんかまず聞かない。

ファミリーレストランでチエと恵子はしばらく子どもの話をした。杏奈ちゃんがファミコンに熱中できないというのもそのとき聞いた。チエの家は同じ敷地に二軒、母屋に両親とチエの姉さんと兄さん(兄さんは独身で姉さんは離婚)、別棟にチエの家族。杏奈ちゃんは言うことがきちんとしているように聞こえるがそれは大人に囲まれているからで、大人に囲まれていれば大人みたいな口をきくのはあたり前だと言った。それより問題はあの子の飽きっぽさ、「あの飽きっぽさはハンパじゃない」と言ってから、チエは「やっぱり、もう一人つくらないとダメだわね」と笑った。

そしてそんな話をしているうちにまた脳梗塞のお母さんの話に戻り、チエは、「目の前で生きているのに全然違う人になってるって、ときどき、すごいなって思う」と言った。

「死んじゃったんなら死んじゃったで、きれいごとの追憶っていうの？　そういうのがあるじゃない。『苦労ばっかりしてきた』とか、『もっといろいろさせてあげればよかった』とか。

でも生きてて、こっちは毎日面倒みなきゃいけないんだから、そういう感じって出てこないの。最初は確かに少しはあったけど、いまじゃあ、『この人、どういう人だったんだろう』って——。（チエは芝居っ気たっぷりに目を見開いてみせた）

母はね、どうも杏奈が嫌いなのよ。

杏奈が寄ってって、べらべら大人みたいな口きくと、『うるさい』って、こうやって殴ろうとしたり——。（チエは拳をつくった右手を曲げて、肘から先をばたばたさ

せた）

あんなことする人じゃなかったもんね。

でもこれからはずっとああいう人なのよ」

チエは大変なことなのにおもしろがっているみたいにしゃべった。「大変でもおもしろいものはおもしろいのよ」とエッちゃんが言ったのを憶えている。お母さんの話をプールではじめて聞いたときは、恵子は反応の仕方に少し困ったが、もう困っていなかった。「ふうん」「そうなの」「ええっ？」と言って聞いていた（笑ってしまったことだってあった）。

「でも、全然子どもと同じかっていうと、そうでもないの。テレビのワイドショーだけはわかって見てるらしいのよ。離婚ネタなんていうと、ギロッて目をむいて食い入るように見てるの」チエはその表情もして見せた。そして「なんなんだろうね。まったく」と言って笑った。

チエは以前の母とつながりがないから困ると言った（チエはここでも特別真面目そうな顔はしていなかった）。これから先はもうずっとこのままだと思っているけれど、いまの母が以前の母とどこかでつながっているものなのかそうではないのか知りたいと言った。たとえば食べる物や人間の好き嫌いがすごく強くなってしまったところなんかも、昔はわざと抑えてたのか、それともこうなって出てきたものなのかを知りたいと言った。

日記でもあれば少しは手掛かりになるが、そんなものはない。手紙のやりとりなんかも当然まったくない。

それでも一つ可能性があるのは母の昔の友達だと言った。彼女がお見舞いに来たときはチエのお母さんもその人も涙を流していた。チエがちらっと「母は本当はいまみたいに好き嫌いが激しくておこりっぽい人だったのでしょうか」と訊いてみたかぎりでは、彼女は「とんでもない」と答えたそうだが、チエはいまでも昔の友達だったらお母さんの別の面、家族にはいっさい見せなかった面を知っているかもしれないと考えているのだと言った。知ってどうなるものではないことはわかっている。ただ知りたいのだとチエは言い、そして、

「でもね、あたし母に、家族の知らない秘密があって、ほしい、と思ってるんだと思う」

と言った。

恵子はまだつづきがあると思って待っていたのだが、チエの話は終わりになった。

というか、途切れた。チエの知り合いがファミリーレストランに入ってきたのだった。

恵子は鳥肉のそぼろと炒り卵とインゲンをのせた三色ドンブリとピーマンの肉詰めをつくっていた。野菜嫌いの太郎に野菜を食べさせるのはいつも苦労する。夫の中川は今夜は遅くなると言っていた。

浩二は新宿駅東口地下の公衆電話から自分の留守番電話を聞いたところだった。急ぎの連絡は何も入っていず、いたずら電話が一つ入っていただけだった。たぶん小学生くらいの声で、声色だけ精一杯に気味悪そうにつくって意味不明のことをしゃべっていた。似たいたずら電話が最近よく入っている。学校から帰って誰かの家に集まり、手当たりしだいにいたずら電話をかけまくる子どもたちがいるんだと浩二は想像している。浩二は一度切り、あらためて京子に、帰りは九時すぎになるので食事は先にすませてくれという意味のメッセージを入れた。

美緒はシステム手帳を出し、ダイアリーの去年の十二月の最終週のページから順に見ていた。本当は喫茶店に入ったら『フロムA』を見るつもりだったけれど、美緒の入ったこの店はいまの美緒にはとても気取った感じがしてアルバイト情報誌を広げるのが恥ずかしくなった。でも美緒は何ヵ月も前のダイアリーをめくるのが嫌いじゃない。待ち合わせのときにはたいていダイアリーを読んで時間を潰すし、部屋でもダイアリーやアドレスをめくっていたら二時間たっていたなんてことがよくある。

ダイアリーの〝N〟は西尾さんで〝S〟は瀬川徹。十二月から西尾さんはずっと〝N〟で、〝西尾さん〟と書かれたことはない。瀬川徹は二月はじめまで〝瀬川君〟で、二月十八日から〝S〟になった。しばらくSがたてつづく。二日会わない日がない。キミちゃんたちとスキーに行ったときも金曜日の出発の直前まで会っていて、日曜日に帰ってくるとすぐに会っている。ダイアリーにはそう書いてある。確かにそうだったと美緒は思い出した。しかしいまの美緒には実感がない。Sが出てくるのは四月三日が最後だ。そして結局Nが残る。美緒がいくら嘘をついても詮索しない西尾さんという人が急にやさしい人に見えたのを思い出した。その実感もいまの美緒にはない。Nは四月に三回、五月に入って二回出てくる。ダイアリーに書かれたNだけでも何かよそよそしい感じがする。

ダイアリーに目をやったままコーヒーカップを口に運ぶとカップは空になっていた。客は美緒のほかは四組。中年の女だけのグループが二組（片方がうるさい。これから芝居を観るらしい）と、男と女のカップル（女より男が数段いい）、中年の男に若い男と女が話を聞いている組（取材とかインタヴューだろう）。美緒はポットに入っていた二杯目のコーヒーを注いだ。井沢由季子のことをまた思い出した。この店の入口に立っている女が休めの動作をしたとき、井沢由季子を思い出した。三時間前なら同じ動作を見て、高橋悦子を思い出しただろう。しかし美緒はもう高橋悦子は思い出さなかった。

中学は楽しかったと思った。制服を着替えて渋谷あたりのゲームセンターに行くと、美緒たちは高校生や、ときにはもっと大人に間違えられてよく声をかけられた。ディスコに行っても中学生とは思われなかった。ディスコに行ったら井沢由季子が〝顔〟なんで驚いた（美緒はそう感じた）。中学二年の担任だった教師は「おまえはやればできるんだから」と言ってくれた。三年のときもその先生は、美緒を見ると「おまえはやればできる」と言ってくれた。

井沢もキミちゃんも、三人とも別々の高校になってしまった。高校には愚図しかいなかった（だから教師たちも生徒のことを「やればできる」なんて言わなかった）。高校になってもキミちゃんや井沢とばっかり遊んでたけれど、一年の春休みぐらいからだんだん井沢と会わなくなってしまった。だからキミちゃんの高校の子たちと遊んだ。井沢とはどっちが連絡しなくなったのかわからないが、あの頃意地をはらないで自分の方から連絡していればよかったと思った。理由はまったく憶えていない(もしかしたらキミちゃんと井沢のあいだで何かあったのかもしれないと、美緒はいまはじめて思った)。今日急に電話したらやっぱりおかしいから電話はしない。

よく三人でキミちゃんや井沢の家に集まって夕方から夜中までいろんなことをしゃべった。いくらしゃべってもしゃべり足りなかった。井沢は何をしゃべっても大人で感心した。あんなことはもうない。ホテルから出て、美緒が喫茶店でもうちょっと話をしようと言うと男はたいてい変な顔をする。十七歳からつまらなくなった。十七歳のときにはもうつまらなくなっていた。キミちゃんは一所懸命話を聞いてくれるけど、井沢みたいにいいことは言わない。だから井沢と会わなくなってからは誰か好きになってもうまくいかない。井沢がいればホテルから出た男に、もうちょっと一緒にいて話をしようなんて言わない。

「こっちが好きになるのと向こうが好きになるのは無関係だからね。あんまり『好き』『好き』って言うと逆効果になるよ」と井沢は十五のとき言った。でも井沢は「相手をじらしたり、かけひきなんかばっかり考えてても仕方ないじゃん。そんなことくだらないよ」とも言った。井沢はいつも微妙な加減を知っていた。井沢が十五や十六で知っていたことがあたしは二十五になってもわかっていないと美緒は思った。

浩二はヒゲパンにもう一度会ってみたいと思っているのではなかった。しかしヒゲパンのことは朝からきれぎれではあっても終わりもなく考えていた。浩二は山手線を渋谷で降りたところだった。

妹に自転車を練習させていたとき、浩二は新聞を配っていたヒゲパンと会った。それが最後でそれっきりヒゲパンと会わなかったと思っていたが、そうではなかったのを思い出した。ヒゲパンはあの頃毎日浩二の家の郵便受けに新聞を差し入れていたのだった（そういうことも忘れるものなんだと浩二は思った）。だからあのとき以来、というのは妹の自転車の練習のときに会って以来、浩二はヒゲパンを見るとニコッと笑ったり軽く手を上げたりするようになっていた。そして浩二の四つ年上の兄が「あいつ誰だ」と言ったとき、浩二は兄にある種の敵意をこめて「言ってもしょうがない」と答えたはずだった。

ヒゲパンに対する共感と四つ年上の兄に対する反感。あの頃はいつも共感と反感の二つを持っていて、何にでも共感するか反感を持つか、どちらか一方の感情しか出てこなかったのだと、いま浩二は思い返していた。共感も反感も感じないものは眼中になかった。自分はあの頃それを正しいと信じていた。十代のそういう自分の気持ちを、浩二はいまでもつまらないものだとは考えない。しかしそうであったはずの感情が経験していたことも、このヒゲパンの記憶のように忘れられてしまうことを、浩二は知った。

ヒゲパンとの記憶は、まだ思い出されていないものがきっと残っていると思ったが、そのなかには都合の悪い記憶もあるのかもしれないとちらっと考えた。

映画の上映までにはまだ一時間以上時間があり、浩二はどこで時間潰しをすればいいのか考えが浮かんでいなかった。浩二はヒゲパンを考えるのと同じだけ美緒を考えていた。結局目覚める直前の夢に出てきたかつての恋人を一日忘れられなかったのだった。今日は一日が丸々時間潰しみたいなものだったと思った。それが誰かを好きになったときの時間のすぎていくのに似ていると思い、浩二はそれを懐かしいように感じていた。

一日美緒のことを思い出しては考えていたから、浩二は美緒と三年も会っていないような気がしていなかった（もっとも三年間会わないということがどういう感じなのか、浩二にわかっているわけではなかった)。いまここで美緒と会ったら、先に軽く手を上げるのは浩二で、浩二は歩く向きを数歩ずらして美緒の前に立ち止まるだろう。美緒はその瞬間に生まれた弱い緊張を、口許に浮かべた笑いで隠して、短く「久しぶりじゃん」と言うだろう。

浩二よりさきに美緒がそう言い、浩二が「どうしてた?」と言うと、美緒は「元気そうじゃん」と言う。

美緒の髪はいまでも長いだろうか。あの頃と変わらず長いのなら、浩二が黙って髪を見るほんの短いあいだに、美緒は一度髪に指を差し入れ、耳の脇から後ろに髪をかきあげるだろう。その動作とともについいましがたの美緒の緊張は消える。もし短くしているのなら、浩二は「髪の毛、切ったのか」と言い、美緒は「ずっと伸ばしてたら大変だろ?」とでも言う。そのとき浩二は美緒の声があの頃よりも少し低くなっていることに気づき、三年という時間が二人に別々に流れたことの現われだと知る。浩二は美緒の眉も目も瞼のわずかな脹らみも鼻の稜線も、自分が記憶しているそのままなのを確かめるように、あるいは懐かしむように、見ていくだろう。

そして口紅の色が明るいか暗いかを見るだろう。美緒がこれだときつい顔になりすぎるからほとんどしないんだと言った暗い色の口紅が浩二は好きだった。浩二が黙っているとと美緒は「何見てんだよ」と言って笑い、浩二は「口紅の色」と答える。「バカ、——」と美緒は言う。あるいは黙って笑うだけ。「メシでも食おうか」と浩二が言えば、美緒は「今日はもう何もないの?」と言うだろう。浩二は「ナァンニモない」と言う。美緒は、

「こんなところで何してたの?

あたし、いまあそこで働いてるの」

と言って、道玄坂を上がった方を指差し、浩二は「『あそこ』じゃ、わからないよ」と言う。美緒は「どっかお店入ったら、ちゃんと地図描いて教えてあげる」と言って、二人で店を探して歩きはじめる……。

美緒は窓の外を見ていた。

どうしてコーリングの高橋悦子を井沢由季子に似てるなんて考えたんだろうと、いま美緒は思っていた。井沢由季子は特別で、誰とも似ていない。井沢はいつも相手が本当に聞いてほしいことが何なのかわかった。

「人って、本当にしゃべりたいことと別のことをしゃべっちゃってるものだからね」

これも井沢が言った。井沢は十六歳だった。井沢がいないと、いくらしゃべっても本当に聞いてほしいことと違うことばかりしゃべっているように感じる。だから十七になったとき、あたしにはもう本当に聞いてほしいことが何なのかわからなくなっていたんだと美緒は思った。キミちゃんとは今日は話したくなかった。

土井浩二を思い出した。どうしてこんなときにあの男を思い出すんだと思った。あの男は「フラれたのはおれの方だ。おれが言いださなかったら美緒が言ったよ。だからおれがフッたんじゃなくて美緒がフッたんだ。バカじゃないから、それぐらいわかる」なんて、できの悪い詐欺師みたいなことを言って別れていった（あたしのことをバカだと思っていたから、こんなことであたしが黙ると思っていた）。あの男はいつも人のことをわかっているようなことを言ってたけど、本当はわかってるふりをして相手をごまかそうとしていただけだった。何でも勝手に決めつけてただけだった。

「十七の気持ちは特別だ」と土井浩二が言ったことがあった。そのとき美緒は、

「十七だったときのあたしの気持ちを、ほかの十七歳と一緒にしないで。あたしだけじゃない、きっとみんなそう思ってる」

と言った。あいつはただ黙って笑っていた。

美緒はこんな店に入るんじゃなかったと思った。

恵子はいま夕食の仕度をだいたい終えたところだった。味噌汁ができ、リビングでファミコンをしている太郎に、「ご飯だから、もうやめなさい」と言った。

恵子はチエの言ったことを思い返していた。チエの目の前には〝自分の知らなかった母親〟が新しく生まれたみたいにして生きているらしい。チエはその〝自分の知らなかった母親〟についてあれこれ考えている。

自分の母親もそうなることがあるのだろうか。考えてみても、恵子には少しも実感がわいてこなかった。いつか年をとったときには、母親でなく自分自身がそうなってしまうことだってある。いまは信じられないけれど、きっとそうなのだ。何しろ、コーリングでみんながいろいろ誰かを好きだと言っていたとても浮わついた二十二、三の頃は、自分がいまのようになっていることさえ想像できなかったのだから。

ここにいる太郎が大人になって、もしもあたしがチエのお母さんのようになったとき、あたしは太郎の知らなかった母親になるだろうかと恵子は思った。あたし自身にはそういうような、人から知られていないことなんかないと思った。きっとそういうことは、たいていの人にはないんだと恵子は思った。

残響

冬に引っ越してきた大泉学園の借家の殺風景で小さな庭の東の一画に、三月半ばにチューリップと思われる葉が芽を出したのを見つけたときから妻のゆかりが「前の人たちが植えていったのよ」と言って喜びはじめ、四月になって六本並んで生えたそのチューリップがほとんどいっせいに、赤と黄の花を二つ、深紫と赤い斑《ふ》入りの花を一つずつ咲かせるとなんだか常軌を逸してはしゃいでいるのを見ながら、夫の啓司はいつも花そのものではなくて、チューリップの球根を庭に残していった「前の人」の方に考えが流れるのを感じるのだが、「前の人」が離婚してこの家からいなくなったことなど知りようがなかった。

秋に野瀬俊夫と彩子《あやこ》は別れて大泉学園の借家を引き払い、一人で暮らしはじめたマンションで俊夫は半年たとうとしているいまでも、自分のいる空間に散乱していた要素の欠落に馴れることができないでいた。

妻の彩子と二匹の猫が存在しないことや二階建ての一軒家が平板なマンションになったことよりも、外ではいかにもきっちりしているように振る舞っているが家ではだらしがなくて鴨居にもタンスの把手にも掛けられるところ手当たりしだいに掛けられていた彩子の服がないために、壁や襖が引っ越してきた当座と変わらず剝き出しで白々としていてポスターを貼ってみたぐらいではその空疎さを埋められないことや、単調に三部屋が並ぶ2DKの部屋全体にほとんど物が置かれていないために大泉学園の家のように足許に注意を払わずに歩けることや、数時間部屋を空けて戻ったときにパソコンの横の原稿用紙、方眼紙、レポート用紙、鉛筆、シャーペン、ボールペン、定規、コンパス、電卓、辞書が猫に荒らされることなく、仕事を中断したときの配置のままであることに「馴れない」と感じるたびに野瀬俊夫は、〝視界〟というものを作り出す眼球の動きや歩行の際の筋肉の動きを意識によるものだけではできていない、年月とともに習慣化するもっとずっと機械に近いものと感じるのだった。

昨秋まで野瀬俊夫と彩子が住んでいた大泉学園の家では十一時前に花屋が、小鉢に一株ずつ分けられた花を段ボールに二箱届けていった。きのうゆかりが買ったものだった。

今年で結婚三年目になる原田啓司とゆかりは、二人とも子どもの頃から犬のいる家に育ったから自分たちも犬を飼いたいと思ってマンションから庭のある一軒家に移った。知り合いに声をかけてはいてもまだ犬は見つかっていないが、いずれ近いうちに犬が来るのだから（啓司は勝手に柴犬をイメージしていた）庭に花を植えたら犬の遊ぶ場所がなくなってかわいそうだと言っていたのに、ゆかりは花を買ってきた。

「買ったのか」と啓司に言われるとちょろっと舌を出しただけで、ゆかりは一人で花屋の置いていった段ボール箱を玄関口から隣りとの境いの塀と壁の狭いスペースを通ってリビングの前のテラスに移した。

ゆかりはいったんテラスに置いた段ボール箱から花が一株ずつ小分けされたビニールの小鉢を四つ抜き取ってリビングに上がってきて、啓司の前に広げられていた新聞の上に置いて、薄紫で小さな花弁が五つ六つ集まって一つの花になっているのを指して「これはバーベナ」と言い、濃いオレンジ色でひまわりを小さくしたような花を指して「マリーゴールド」と言い、葉だけしかついていない茎がなんだかニョロッと伸びているのを指して「ラベンダー」と言い（それに花が咲くのか啓司にはわからなかった）、もう一つは見憶えがある葉っぱだと思っていたら「シソ」と言い、

「うまく育ったら、いつでも新鮮なのを食べられるよ」

と言った。

そしてゆかりはリビングからからだを少し外に出して庭の左の方、つまり東の方を指してその指を動かしながら、「チューリップの手前からこっちに植えるの」と言い、それを啓司はソファに坐ったまま見ていたが、いちおう、

「手伝おうか？」

と言ってみると、ゆかりはとってつけたような、あるいは取り繕うような、短い笑いを作ってから「大丈夫。まだパジャマも着替えてないくせに」と言って、庭に出ていった。

野瀬俊夫は前夜四時まで仕事をして今朝は十時半に起きて、同じ一つの家で生活を

ともにしていた彩子と四時間以上仕事をつづけていると二匹のうちのどちらかが必ず邪魔に入ってくることになっていた猫という両方がいないと、能率が落ちているのに仕事を切れずについいつまでもつづけてしまうと思いながら、眠気覚ましのつもりでシャワーを浴びた。歯磨き、洗顔、髭剃りを一通り済ませても頭がさえなくて、かといってもう一度眠りたいとも思わないので、歩いて十分ほどのところにある喫茶店に行くことにした。ぼんやり時間をやりすごすのに向いている店で、今日のような日によく行く。

それで自分の部屋のある三階から階段を降りて、下で郵便受けを見るとDMや原稿料の支払明細や雑誌に混じって転職の挨拶のハガキがあった。高橋順子からだった。六年前まだ会社に勤めていた頃、系列の会社から一年間だけ出向してきていた女の子二人のうちの一人で、高橋順子はいまでも何かあるたびに連絡をよこす（あの頃俊夫は三十三で、高橋順子と青木恵理の二人は二十四、五だった。あの二人ももう三十になるのかと思った）。ワープロの文面の横に手書きのやや縦長の字で、

『システム開発部で野瀬さんと過ごした一年間は、コンクリートに残された凹んだ足跡のように、私の心に、しっかりと刻みつけられています』

と書き添えられていて、こういう表現を読むといつも俊夫はコンクリートまで比喩の道具になると思ったり、人間は手当たりしだいに自分の心を説明する材料に使ってしまうと思ったりして、そういう人間の内側にあるものがこの世界あるいは宇宙にあるものと比べて不釣合に複雑だと思う。不釣合さはつねに複雑すぎるように働くわけではなく、単純すぎることもあり、単純さは人間の世界に対する理解の量の少なさであり、複雑さは人間が世界に意味づけをする量の多さであり、人間は世界そのものを知ることよりも世界が自分に意味をもたらしてくれることを期待しすぎていると思うのだった。

ゆかりの取り繕うような笑い顔を見て、原田啓司は「買ったのか」と言ったときの自分の口調を思い返して少しトゲがあったと思った。

ゆかりがいま花を植えようとしている庭の東側はリビングからは見えない。さっきからずっとついているテレビではNBAのバスケットボールの中継が流れていたが、熱心に見ているというわけではなかった。ただボールとその周囲の人間たちが右のゴールから左のゴール、左のゴールから右のゴールへと移動していくのを眺めているぐらいのもので、ゆかりが庭に出ていくと、啓司は二階に上がってポロシャツ、セーターに着替えて降りてきて、リビングと和室の仕切りの板戸を開け、和室のサッシも開けて、しゃがみこんで土を掘り返しているゆかりを見た。ゆかりは砂遊びをしている子どものようだった。

啓司のたてた音でゆかりは歌っていた歌をやめて顔をあげ、園芸用の小さなシャベルを土に突き差したまま手を一度止めて、

「ホントに大丈夫よ」

と言った。今度はさっきの取り繕うような笑い顔は作らなかったと啓司は思った。

「これぐらいあたし一人でもすぐに植えられるから。

でも、見てたかったら、見ててもいいよ」

と言って、ゆかりはシャベルで土を掘り返すのつづきに戻り、啓司の方に顔をあげたときに途切れた歌のつづきを、

「はかなく揺ゥれるゥ

髪のニオーイでー

ふーかいネームリからァ覚めてー
キミと出会ぁたキーセーキがァ
こォのォ胸にあふれてる
きぃとイーマはー自由にー
空もとベーるはずー」

と、歌いはじめ、啓司は苦笑した。中断した歌をちょうどそこから歌ったのを器用だと思ったからだ。

ゆかりは鼻唄というようなのではないもっとずっとはっきりした歌い方で歌う。だから歌詞もメロディも聴き取れたが誰の歌なのか啓司は知らなかった。このあいだ行ったカラオケで会社の若い子たちが歌っていた小沢健二とかマイリトルラバーあたりなのだろうと思う啓司の想像は外れているのだが、いずれにしても啓司は最近のポップスには興味がなかった。ゆかりが好んで歌う歌は"love you"とか"you don't give me"とか"my sweet"というような英語のフレーズなしに伸び伸びとしたメロディになっていて、日本語のポップスは最近またそれなりに進歩したとは思うのだが、そういう伸び伸びとした感じが啓司には単調で好きになれなかった。

土を掘り返しながらゆかりは和室のサッシが閉まるのを視界の隅に感じ、啓司がリビングに戻っていく音を聞いた。和室とリビングのあいだの板戸を閉める音が聞こえてこないと思って見るとそこは開けたままになっていた。

半分近くがテラスで占められているこの庭の土の部分は、冬のあいだは何も生えていなくて本当に剝き出しの乾いた土だったが、春になったらチューリップが生えてきた。そしてこうしてシャベルで掘り返すとすぐに柔らかい土が出てくる。まだ他にも球根が埋まっているかもしれない。注意して掘り返しながらゆかりは、この庭はじつは相当手を入れられていたんじゃないかと考えていた。

野瀬俊夫は郵便物を全部郵便受けに戻して、自分のマンションから喫茶店までつづいている緑道を歩いていた。緑道の両側に生えているユリノキは四階建てのマンションくらいの高さがあって、去年の十一月に俊夫がここに引っ越してきた頃はポプラのような形の葉が黄色くなっていた。そのうちに茶色くなって落葉して、舗道に落ちた葉が冬の風に舞ってたてる音が、静かな夜には俊夫のいるマンションにまで聞こえてきた。乾いた落ち葉の音が雨の音みたいに聞こえたのを憶えているが、完全に葉を落として冬のあいだは枝だけが広がっていたその木に数日前に指先ほどの木の芽が芽吹き、今日はその芽が開いたために遠くからでもはっきりと枝に緑がついているのがわかるようになっていた。

コンクリートの凹みを自分の心の比喩にしたからといって、高橋順子がもう一人の青木恵理と比べてベタベタしていたとかセンチメンタルだったとか文学少女のようだったとかそういうことではない。その程度の比喩は誰でも思いつく。むしろ思いつきすぎて困るくらいだと俊夫は思い、俊夫が出ていく二日前に彩子が言った、

「私はイメージの中で、ずっとあなたに見られていて、考えることだっていつもあなたに話しかけて聞いてもらっていた。十年間、イメージの中ではずっとそうだったけれど、現実はそうではなくなっていた。そのことはずいぶん前から気がついていたけれど、やっぱりそれに気づいたことで、イメージの中でのあなたから見られているという気持ちも、あなたへの語りかけもだんだん消えていった……」

という言葉を思い出した。完全にこのとおりということはないが、意味としてはこういうことだった。もっとも語尾や助詞のささいな違いで意味というのはまるっきり

変わってしまうものだけれど、これは意味としてははっきりしていて間違えようがなかった。

　別れる前というのはそういうものなのか、彩子にしては珍しく芝居がかって情感がこもりすぎているウェットな言葉だと俊夫は思った。そうなっていることを彩子が意識しながら言ったのかそうではなかったのかが俊夫にはあのときもわからなかったし、いまでもわかっていなかった。

　彩子の性格は本当はこれに近いウェットなものだったのに十年間表面に出さないようにしていて、俊夫もずっとそれに気づきそびれていたという可能性と、本来はそうではなかったけれど別れることを決意する過程でそうなったという可能性と、気分の高ぶりによるあのときかぎりの一時的なものだったという可能性の三つの可能性を考え、あれから半年ちかくたついまになっても、そのうちのどれという結論を出さずにそのまま持っているのが俊夫のものの考え方であり、性格だった。

　高橋順子が自分の心を凹んだコンクリートと書いた理由も俊夫にまるっきり思い当たることがないわけでもなかったけれど、コンクリートに残された足跡は単純にあの一年間の「忘れがたさ」の形象化と考える方が性に合った。

レトルト・パックのお粥を入れた鍋の湯が沸くまでのあいだ、窓際のベッドに腰掛けて薄曇りの四月の空を見上げながら、堀井早夜香はきのう抜いた歯の空っぽになった歯茎の穴の内側のすごく柔らかいところをついまた舌がさぐっているのに気づき、きのうからどうしてもここに舌がいってしまうと思った。

抜かれた歯が細いいろいろな治療器具と一緒にステンレスのトレイに置かれているのを見たときに、早夜香は二年前まで勤めていたエコーズで一緒だった渡辺彩子を思い出した。思い出したというよりも抜かれた歯がステンレスのトレイに置いてあるのが見えた瞬間、「抜いた歯って長くてびっくりしちゃった」と言った渡辺彩子の言葉が彩子の声そのままで、自分の考えのかわりに頭の中でしゃべったみたいに感じたのだった。

抜いた歯はステンレスのトレイにすごく無造作に置かれていた。矢尻のように尖って血に染まって赤くなっているところが歯茎に入っていた部分で、それだけで小指の関節一つ分より長くて（少なくとも早夜香にはそう見えた）、こんなに深く入っているのを抜いたら痛くないわけがないと思ったし、牙を抜かれた犬や狼みたいに心細い気分になった。

歯が痛かったのは確かだったけれどどうしても我慢できないような痛みではなかったのだから、よりによってこんなときに抜くんじゃなかったときのうも思ったし、いまも思っているけれど、いまの自分の気分は抜く前から心もとなくて、「抜いた方がいい」と言われればイヤだと言えなくて、「今日抜くよ」と言われれば「一週間待って」と言えないような状態だから仕方なかったとも思った。でもやっぱりあと一週間もすれば気分も違っているだろうから、一週間ぐらいは痛くても我慢して悠子たちと会って騒いでいた方がよかったと早夜香は考えていた。


原田啓司はテレビの前に戻っていた。バスケットボールはちょうどハーフタイムに入ったところだった。

二人でどこにも出掛ける予定がないいつもの休日どおり、八時半にゆかりが起きて朝食の仕度ができたところで九時に啓司が起こされた。朝食のあいだに洗濯機が回っていて朝食の後片付けを済ませて、洗濯物を干し終わると十時半で、十一時少し前という時間に花屋が持ってきたのはゆかりの前もっての指示だと啓司は思った。

チューリップを見つけて以来、園芸の本を買ってきては読んでいたからいずれはそうなると思い、せめてさきに犬を飼って様子をみてからにしろと言っていたが、やりたいと思うと待てないのがゆかりだから、啓司もいまは届いてしまったものは仕方ないと思っている。あるいはさっきのゆかりの取り繕うようなあの笑いを見て、自分の口調にトゲがあったと思ったときから花のことはかまわないと思うようになったのかもしれない。

ゆかりはいつも何かしていなければ気がすまない。理由はわからないがそうだ。料理もタイ料理といえば魚の油から作るショウ油のようなものまで自分で作るし、クリスマスには木の実やドライフラワーを使ってクリスマス・リースを作ってみんなに配る。三月のあいだは一階の和室と二階の二部屋の押入れの襖の模様がつまらないと言って、ゆかりはそれも一人で張り替えた。収入に困っているわけではないから本人が働きたくないというならそれでかまわないが、ゆかりは啓司の会社にいる女たちと全然違っていて、「仕事は自己実現」だなんてまったく思わないようで、啓司から見てしょうもないことばかりやる。いったい誰のためにそんなに厳密に仕上げる必要があるんだというくらいきちんとやる。花を植え替えることぐらいゆかりにはわけもないのだろうし、植えることもゆかりの楽しみの一部分なのだから一人でさせておこうと思っていると、庭から「キャハハハハハ」というゆかりの笑い声が聞こえてきた。

テラスに顔を出すと、すでにこっちに歩いてきていたゆかりが花の小鉢を入れてきた段ボール箱を啓司に見えるようにして差し出して、「ほらっ」と言った。

「『花さく情熱　房総山田清三郎園芸』だって――。

おもしろいでしょ？

おもしろくない？

おもしろいんだよ。

ねっ。

ほら。おもしろくなってきたでしょ」

啓司がはっきりした反応をしないうちにゆかりは一人でそう言い、くるっと向きをかえて段ボール箱を和室の前に張り出している濡れ縁に持っていった。週四日勤務の長期アルバイト契約で経理事務に入ってきたゆかりが事務用品のメーカー名がおかしいと言ってケラケラ笑ったのを啓司は思い出した。あのとき啓司は単純におもしろい子だとか明るい子だと思って食事に誘ったりして、話していても他の女の子たちのような自意識が感じられなかったのだが、いまはそういうことではなかったのではないかと思うことがある。

啓司がテラスにからだを半分出してゆかりを見ていると、ゆかりはそれに気づいて、

「ここの庭の土って、かなりいいのよ」

と言った。

「前の人が相当手を入れてたんだと思うの――」

ゆかりに言われて啓司は頷くというより顎を二、三回突き出すように動かしながら

「ふうん」と言い（ゆかりのいるところまで届くような声ではなかった）、また「前の人」かと思った。

「前の人」と言うたびに夫の啓司が少し不愉快そうな顔をすることをゆかりは気づいているが、ゆかりは気づいていないような顔をすることにしている。週に三日しか働きに出ていないゆかりが、この家に対する親しさを啓司より強く持ちはじめたのは自然なことで、その親しさの感覚から生まれる想像力の総量が、二人のあいだで開きは

じめているのは仕方ないとゆかりは感じていた。

啓司は襖の敷居や和室の柱や階段の縁《へり》にキズを見つけると、それを「前の人」の痕跡と感じ、そのたびにこの家に親しみを持つことを妨げられるような気がしていた。それで啓司は少し唐突と思いながらも、

「でも、家《うち》の中はけっこうキズだらけにしてってたよな」

と言ってしまうのだが、ゆかりは笑って、

「小さい子がいたら仕方ないよ」

と言った。

「いたのか?」

「それは、いたわよ」

ゆかりはあっさり言った。しかし本当に「いた」と思っているわけではなかった。子どもをいまだに作っていない自分たち二人のことを考えていたわけでもなかった。ただ家がキズだらけになった理由として小さい子どもがいるというのが一番わかりやすいと思ったからそう言っただけだった。夫の啓司に「キズだらけにしてった」と言われて「どうしてかしらね」と答えることもできるけれど、そういう風に言っていた

らわからないことが一つ増えてしまう。確かめようのないことはいかにもわかっているように言うのがいいとゆかりは思っていた。

そしてゆかりは「それは、いたわよ」と言うと、濡れ縁で「花さく情熱　房総山田清三郎園芸」の段ボール箱から花の小鉢を一つずつ取り出して種類ごとにそこに並べ、まだ啓司がテラスのところから自分を見ているのを確かめて、「ほら、美奈恵の話、憶えてる?」と言った。

「美奈恵がまだプロダクションに入ってた頃、部屋借りたらね。不動産屋のおばさんが、契約したあとで、『あの部屋に住んだ人は、代々とっても成功してるから、あなたもきっとうまくいくわよ』って言った——っていう話」

啓司は憶えていなかった。

「忘れちゃった?

美奈恵って、ジンクスとかそういうの、モロに信じるでしょ? だから、人にしゃべったら逃げられちゃうと思って、仕事がコンスタントに来るようになるまで、誰にも言わないようにしてたの」

啓司はなんで急にこんな話になったのかわからなかった。美奈恵という子のことだけはどうしても好きになれないので啓司は答えずに黙っていた。

野瀬俊夫は緑道を歩きながら、ユリノキの木の芽が芽吹いたりするのを注意深く見るようになったのはやっぱり彩子と一緒に暮らしたからだろうと思った。もっとも、彩子とつき合いはじめて結婚して一緒に暮らして別れるまでの十年間はほぼそのまま三十代の十年間で、彩子と暮らしていなくてもそのような関心の変化はありえるだろうとも思ったけれど、人生というのは一回しかないのでそうでない可能性について仮定することはできても確かめることはできなかった。

〝精神〟とか〝心〟とか呼ばれているものは脳の神経細胞相互のあいだで起こっている電気的反応と化学的反応の産物であって、〝霊的〟な次元などいっさい仮定する必要はないし、究極的には人間に関するすべてのことが物質的用語で説明可能となるという考えに俊夫は強くひかれていた。あるいは、いままで人間が〝霊的〟と呼んだり認識したりしていたものもすべて物質の反応として記述しうる、という考えに強くひかれていた。

〃霊的なもの〃と〃物質的なもの〃があったらためらわずに物質を取るのが俊夫の以前からの傾向で、どこか調子が悪いというわけではないが今年四十になるからという理由で行ってきた一泊二日の人間ドックで、一日目の夕方から深夜にかけて翌日の大腸のレントゲン撮影に備えて大腸を空っぽにするために固形物をいっさい摂《と》らず水とジュースと紅茶を飲みつづけるように言われ、さらにそれに下剤を服《の》んで、夜中の三時あたりから黄土色の水だけの便が出るようになり、口から肛門まで、からだの中を通る消化器がただの管《くだ》か空洞になったように感じたときにも、人間もまた一つの物質的存在であることにリアリティを感じたような気分になって帰ってきた。

もっとも、そういう臨床的に単純化された状態をして人間を物質的存在であると捉え、物質だから単純な存在だと考えたいわけではなくて、〃精神〃とか〃心〃とか呼ばれているものを電気的反応と化学的反応の集積ないし総体として捉えようが霊的な何ものかと捉えようが、そこで起きていることの複雑さに変わりはなくて、むしろ、〃霊的〃と呼ぶときに一括りにされてしまいがちないろいろなことが、物質的に記述しようとしていけば緻密になるというのが俊夫の考えで、その考え方でいうなら俊夫にとって、〃霊的〃と名づけることが世界を単純化することで(〃霊的〃でなく他の呼び名でもいいが)、物質性にこだわることがこの世界の複雑さに釣り合うことだった。野瀬俊夫の知りたいのはこの物質の世界で何が起こっていて、人間を物質として捉えたときに何が起こっていて、その世界と人間の認識の過程がどのような関係でつながっているかということで、たとえば、高橋順子が挨拶状に書き添えてきた「コンクリートに残された凹んだ足跡」というのを読むとき、俊夫が一番知りたいと思うのはその「コンクリートに残された凹んだ足跡」を残すにいたった足の軌道は物質の世界にどのように記録されるのかということなのだった。

理科系を専攻したわけではない俊夫は、世界なり宇宙なり自然なり運動なりを系統立てて理科系の立場から綿密に記述することはできないし、誰もが納得するような説明とかいちおう公式にそうだとされている説明がどういうものなのかということも知らない。世界が完全に物質的に記述されたとしてもそれで自分が満足すると思っているわけではなかったが、それでもとりあえずは世界についての完全に物質的な記述を知りたいと思っていた。

「コンクリートに残された凹んだ足跡」は動作そのものではなくて、動作の結果としての痕跡でしかない。動作が軌道を描くものであるかぎり、到達点としての痕跡だけでなく軌道もいったんは物質の世界に記録されているはずで、そういう〝軌道〟あるいは〝プロセス〟は物質世界ではどのように説明されるのだろうと俊夫は思うのだった。

NBAのバスケットボールは第三クォーターに入っていた。原田啓司はソファに戻ってつづきを眺めながら、さっき話に出てきた美奈恵のことを考えていた。

美奈恵はジンクスを信じるどころかもっとずっとオカルティックなところがあって、竜神様だとかなんだとかわけのわからない民間信仰も信じているし、前世がわかる人がいてそこに行ったら前世でとても近しかった人同士が劇的な出会いをしたなんて話もはじめるくらいで、前に住んでいたマンションに遊びに来たときにも「マンションの部屋って、たいてい〝気〟が淀むものだけど、ここはそうじゃないのね」などとゆかりと啓司に言い出した。

そういう通常の言葉で人に伝えられないものにやすやすと自分の判断を委ねてしまうことを啓司は不快と感じるのだが、ゆかりはそういうことに寛容で、「だってあたし、いろいろ手を入れてるもん」などとすごく鷹揚な受け答えをしていて、美奈恵が帰ったあとで啓司が「〝気〟が淀むとか流れるとか、そういうことっていうのは、言うだけ言っても検証しようがないんだよな」と言うと、ゆかりは「検証？　そんなの、できないことなんて、いろいろあるじゃない」と言った。
「美奈恵の言うことって確かめられないことが多いかもしれないけど、美奈恵は全然ウソとかハッタリの顔して話してないでしょ？（「だからもっとヤバイんじゃないか」と啓司は言ったが、ゆかりはちらっと笑っただけで話しつづけた）
自分でいちいち全部考えるより『わかっちゃうこと』があるんだったら、わかっちゃう方がいいかもしれないとあたしは思うの。だって、目で見てるものは考えなくても『ある』と思ってるわけでしょ？『見えるからある』って単純に思ってることの方が不思議だと感じることってない？　目の見えない人とかそういうことじゃなくて、『見えるからある』っていう考え方はすごく狭い考え方だと思うことがあるの。
だってあたしたちの知ってることって、ほとんど学校で習ったり人から聞いたりしたことばっかりで、自分でいちいち考えたり目で見て確かめたりしたことなんて、知ってることの中のほんの一部分でしょ？　木の幹の中を樹液が流れてるとか、シーラカンスが太古の地球から生きつづけてるとか、自分で確かめたわけじゃないでしょ?美奈恵の考え方とどこがどう違うって、あたしには説明できないもの。みんなが受け入れているかどうかの違いだけなんじゃないかって思うの。だからあたし、美奈恵みたいなわかり方があるんだったら、それはそれでいいんだと思うの」

と、こう言ったときのゆかりの口調には友達の美奈恵をかばうというようなことを離れた、ある種の切実さとか訴えかけのようなものがあって啓司は曖昧に相槌を打って話を切り上げたのだが(それに啓司にはこういう考えに答える用意がまったくなかった。いうまでもない)、それでもやっぱりゆかりには珍しいああいう感じを引き出した原因は美奈恵だと啓司は思っているし、からだも痩せてぎすぎすしていて不健康そうで、とにかく啓司は美奈恵だけは好きになれないと考えていた。啓司はソファに坐っていた。

堀井早夜香は相変わらず抜いた歯の跡を気にしながら窓から外を眺めていた。噛まなくてすむようにと思って温めたレトルト・パックのお粥を食べ終わり、いつもはコーヒーだけれど刺激になるとよくないと思ったのでティーバッグの紅茶を飲むことにして、今日一日をどうしようかと考えていた。明日の予定も全然ないけれど、夜とか夕方になれば抜いた歯の跡の感じも自分自身の気分もずいぶん変わるはずだと思っているから、とりあえずは今日だった。

抜いた歯がステンレスのトレイに置いてあるのを見て、「抜いた歯って長くてびっくりしちゃった」という渡辺彩子の言葉を突然思い出して早夜香は動揺したけれど、悠子が言っていたとおり北川先生は本当に少しも痛くしなかった。からだはいかつい し声もダミ声でしゃべり方も荒っぽいというか気楽だけど治療の仕方はとってもやさしくて、終わると、

「そのまま十分間ぐらい脱脂綿、噛んでるんだよ。

口の中は血がいっぱい出るように感じるけど、ほとんど唾液だから、心配しなくていいからね」

と言って、化膿止めの薬と「念のために」と言いながら痛み止めの薬をくれた。

「今日だけは水泳はダメだからね。シャワーぐらいならいいけど、長くお風呂につかるのもやめといて。

温まると出血しちゃうから」

北川先生のしゃべり方が高校の同級生かなんかみたいで、早夜香は「キスはしてもいいの」と訊いてみようかと思ったけれどキスの相手はいまはいなくなっていた。

抜歯したところに当てられた脱脂綿を北川先生から言われたとおり嚙んだままエレベーターで歯科の入っているビルを出て、早夜香は渡辺さんはおもしろい言い方をする人だったと思いながら下北沢の駅の近くの大丸ピーコックの三階に上がってそこのトイレの汚物入れに嚙みつづけていた脱脂綿をティッシュで五重にくるんで捨てた。

脱脂綿には思ったほど血がついていなかったけれど、歯のなくなったところは「耳の穴みたい」にぽっかり空いていた。「耳の穴みたい」と言ったのも渡辺彩子だった。もっとも実際に抜かれてみたら穴の内側は耳の穴よりずっと柔らかくて心細い。歯の根が思いがけない長さだったから、あれだけの深さの空洞が空いていると思うともっと心細くなる。

渡辺彩子はこの抜いた歯の跡を「失恋してぽっかり空いた心の穴みたい」とかそういう言い方はしなかったと思いながら、早夜香はいかにもそういう言い方をしそうな大原久美を思い出した。大原久美はいまの会社で斜め前に坐っていてうっとうしい。

渡辺彩子の言い方はいつもずっと即物的だった。

「ネズミは一生歯が伸びるのにね。人間はこういうとき不便よね。トカゲなんかシッポまで生えてくるっていうのにねえ」

歯を抜いて痛い痛いって言っているくせに、渡辺さんはそんなことばっかりしゃべっていた。渡辺さんがしゃべるとトカゲのシッポがまた生えるという話も、違ったおもしろさに聞こえるような気がしていたのに、横から西本さんが、ネズミみたいに一生歯が伸びたら歯を磨くかわりに削らなきゃならないから面倒くさい、オレはいまの方がいいとか何とか、いろいろしゃべって気を紛らわそうとしている渡辺さんの気も知らずにうっとうしいことを言って、渡辺さんは思いっきり嫌な顔をしてあたしを見た。それからすぐに渡辺さんはあたしには笑ったけれど西本さんには返事をしないで黙っていたのがうれしかったと、早夜香はずっと忘れていたそのときのことを思い出した。

西本さんは鈍くて感じないからあのあともまだニタニタ笑って「ねえ渡辺さん、どうして耳の穴の舌ざわりなんか知ってるの」なんて言って、渡辺さんは西本さんを見ずにあたしを見たまま共犯者みたいに笑って「想像」と言った。結婚している人に向かってそういう冗談を言うのも変だけれど、早夜香はそのとき渡辺彩子のことをエコーズでみんなが旧姓で呼んでいる理由、というか気分がわかったような気がした。渡辺さんは表面的には色っぽいけど、そういう人ではなかった。とそんなきのう思い出したことをまた思い出しているあいだも、舌はまた歯の抜けた穴にいっていた。

歯のことばかり考えているから舌がそうなってしまうのか、舌がそうなっているから考えも歯のことになってしまうのか、どっちなんだろうと思いながら相変わらず舌は歯のなくなった歯茎の柔らかくて心細い穴をさぐっているのだけれど、「耳の穴みたい」と言った渡辺彩子の声や表情やそれからもっと全体の雰囲気を思い出すと早夜香は、こうしていまはキスをする相手がいないこととか、歯を抜いたところが全然痛くないというわけではなくてつねに少しだけ痛くてこれからもっと痛くなるんじゃないかと少し不安なこととか（なにしろ渡辺さんはあんなに痛がっていた）、牙みたいな歯がなくなって弱くなったような気がしていることとか、きのうからずっとおっかなびっくりで酒を飲んでパーッと騒いで進藤と別れたいまの気分を紛らわそうという気持ちが起きてこないこととか、そういういまの自分を取り巻いている空気全体の重い感じが少しだけだけれど救われるような気がした。

野瀬俊夫は二階にある喫茶店の窓際の隅の席に坐ってコーヒーとピザ・トーストを注文した。寝不足の日に俊夫がこの喫茶店に来るのはここから外を眺めているのが好きだからで、このくらいの角度で外を俯瞰する楽しさは映画がもたらした視界の楽しさなのではないかといつも俊夫は思う。

雑踏の中を逆方向から歩いてくる恋人同士が出会うのか出会いそびれるのかと思って見ていたり、「あの人はいつもこの時間にここを通る」と思いながら二階の窓から女が一人で見ていたりするようなシチュエーションを、とてもわかりやすく観客に伝えるのが俯瞰のこのアングルで、月並みといえばきわめて月並みな撮影技法だが、そういう映画技法がなかったら二階にある喫茶店から外を眺めることがもっとつまらなかっただろうと俊夫は思う。

ここから見えるのは緑道とそこに生えているユリノキと緑道を歩いていく人たちと、その向こうの道路とそこを走る車とその道路を挟んで緑道と並行して続いている歩道と、この喫茶店と向かいのゴルフ練習場のあいだを通っている狭い道とそれが緑道を一度途切れさせて車道とぶつかっているT字の交差点で、向かいのゴルフ練習場では俊夫が席に坐ったときにちょうど一番手前の打席にいた男がいなくなり、二番目の打席で七十すぎぐらいの年齢の痩せた老人が打っているのが見えていた。

野瀬俊夫がいまいる高さはゴルフ練習場の打席の上の屋根よりも低く、練習場を囲んでいる塀よりも高い。一番手前の打席だと塀が視界を遮って上半身しか見えないが、二番目の打席だと足許まで見える。老人はカゴから一摑みボールを取り出して下に置き、それを一つずつクラブで足許に引き寄せ（五番アイアンだろうと俊夫は思った）、いつも一度だけクラブを振り子のようにゆっくり振り上げてボールの手前で止め、あらためてゆっくり振りかぶってそのままほとんど力を入れずに振り抜いていて、その一つ一つの動きが俊夫に見えていた。

老人の動きは全体にとてもゆっくりしているが、一連の動作としての流れの淀みなさを持続させていた。ただボールの飛んでいく先は塀に沿って植えられたヒノキと看板に遮られて見えないのだが、四回か五回に一度、打ったあとに二度素振りし二度とも教則本に書かれているとおりに律義に振り抜いたクラブのヘッドを見上げるので、たぶんミスショットしたときだけそうして、ほかはほぼ正確にショットを打っているのだろうと俊夫は推測した。

そして一摑み分のボールを打ち終わると、その痩せた老人は屈んでカゴからまたボールを一摑み取り出して下に置き（摑むボールはいつも六個のようだった）、その中から一つをクラブで足許に引き寄せて、一度だけクラブを振り子のように振り上げてボールの手前で止めるという一連の動作をつづけていて、この老人の動きの中にもゴルフで身につけたものだけではない、彼のいままでの職業なり生活なりを通じて筋肉の動きの癖あるいは偏りとなった動きがどこかに反映されているのだろうと思った。それを具体的に知ることはできないが人のからだの作りと動きには、木の年輪から木の経てきた気候変化が測定できるように、その人が固有に経てきた時間が確実に層となって記録される。

南アフリカ対ニュージーランドのラグビーの試合が放送されていたとき、アップになった選手の首の筋肉が頭より太く発達して、さらにその首を埋もれさせるように両肩の筋肉が盛り上がっているのを見て、彩子が「鎧《よろい》着てるみたい。人間のからだって、鍛えるとこんなになるのね」と感心していたことがあったが、それと同じことがこの痩せた老人にも当てはまるはずだと俊夫は思った。

トレーニングにだけでなくデスクワークのような仕事でも、それらが筋肉の運動であるかぎり、それらにかけた時間は物質的に筋肉の量や形や硬さとしてからだに記録される。それは「コンクリートに残された凹んだ足跡」のように明確に物質的に記録される。しかしそれは物質的に記録されたものであるかぎりにおいて、やはり〝痕跡〟であってトレーニングや仕事をしている時間それ自体なのではない。

トレーニングの時間それ自体の進行として起こっている、たとえば腕が動くために空気を掻き分けた軌道の空洞は（理屈としてはそういうことだ）すぐに周囲の空気で満たされ跡形もなくなり、それをあとで再現することはできない。空気がたとえばスイカの果肉のような材質だったらスプーンでくりぬいて丸く跡を残すようにして、トレーニングしているいちいちの腕の動きが空気中に記録されるけれど、気体や液体はそうはならない。しかしそういう軌道が記録されたとしてもそれもまた痕跡でしかないということになるのだろうかと俊夫は思う。

ウェイトトレーニングをしたりスクラムやタックルの練習をしたりするときの動きでも、あるいは経理のようなデスクワークの動きでも、動きそれ自体は、全身の筋肉の動きと脳の制御や反応によるもので、それらはからだの中での電気的反応と化学的反応の総体として物理的な運動となる。それらの個別の電気的反応や化学的反応の反応式を記述することはいつかは可能となるのかもしれないが、この世界の中では物質的反応はすべて熱となって空気中に拡散する。熱とは粒子の運動といってかまわないのだろうが、もともと粒子一つ一つの運動として捉えることができないという前提で作られたのが熱力学で、拡散した粒子を事後に拾い集めることはできない。

それが熱力学の第二法則の〝エントロピーの増大〟というもので、エントロピーは増大する一方で逆戻りさせることができない。エントロピーが増大する一方ということと時間を逆戻りさせることができないということがどこまで同じなのかわからないが、エントロピーが増大するということが時間の経過の決定的な特徴であることは間違いなかった。

大泉学園の家では最初のラベンダーを植え終わった原田ゆかりがテラスから中にいる啓司に向かって声をかけた。

「真知から聞いたんだけどね。江古田にいい獣医さんがいるんだって――」

中原真知はゆかりの中学からの友達だ。ゆかりは大学までつづく私立を出ていて真知と美奈恵はそこから友達で、この家を不動産屋の店先で見つけてきたのも真知だった。

「どっかで子犬が生まれたら紹介してくれるって言うから、あたしあさって帰りに寄ってくるね」

「え？　もういるのか」

「挨拶してくるだけ」

と、ゆかりは笑い、啓司は忘れたわけじゃなかったんだと思った。

「──それに獣医さんがどんな人か、見てみたいじゃない」ゆかりは言った。

忘れたわけではないどころか子犬をもらうために積極的に動いているのはゆかりの方だ。啓司は会社で小宮理紗という去年入社した女の子に「子犬を探しているんだ」と言っただけだった。小宮理紗は大きな黒い瞳がいきいきとよく動くところが知り合った頃のゆかりを連想させる。自宅から通勤していて犬を飼っていて、おしゃべりな子だから彼女に言えば適当に広がると思っていたから啓司はそれっきりほかに誰にも言っていない。それに子犬を探しているなんていう話は会社ではなんだか言いにくい。

「ゆうべその話しようと思ってて忘れちゃった——。でも庭いじりって、ホント楽しいね」

ゆかりは上機嫌な笑いを浮かべていったん花の方へ行きかけたが、すぐにまた戻ってきた。

「あっちじゃなくて、こっちだったんだ。さっき花屋さんが来たから忘れちゃったの」

と言って、テラスから上がってそのまま風呂湯に行った。湯船の栓を抜いて風呂の残り湯を流す音が聞こえてきて、それで何を「忘れちゃった」のか啓司にわかった。ゆかりはいつも洗濯が終わるとすぐに風呂を洗うのだった。ゆかりはいろいろなことを並行してやりたがる。

風呂の残り湯を流す音につづいて、風呂の蓋をタイルの床に立て掛ける音が聞こえ、その蓋に一度全開のシャワーをかけてからスポンジで蓋をこすって、もう一度全開のシャワーで洗剤を洗い流す音が聞こえてくるのを、啓司はバスケットボールの中継を見ながら聞いていた。ゆかりの動きは全体にせっかちだから湯船の蓋を三枚重ねにして持つのにゴンゴンと音がするし、タイルの床に立て掛けるのにもガタンと荒っぽい音がする。

ゆかりの実家に泊まった翌日、朝食のあとで義父と話しているといつもの手順のせっかちで荒っぽく風呂を洗う音が聞こえてきて、それを啓司が漠然とゆかりがやっている音と了解していると、その音がまだつづいているのにゆかりが啓司と義父のいる居間に入ってきて、啓司は驚いた。というか、虚をつかれた。おかしな喩えだが、下りだと思って乗ったエレベーターで無意識に下り用の重心移動をしていたら実際は上って、膝が一瞬がくんときたときのようだった。ゆかりではなくてゆかりの母親が風呂を洗っていたんだと啓司はすぐに修正したのだが、親子というのはこんなところまで似るものなのかと思った。啓司の実家の風呂洗いの音はゆかりの立てる音と全然違う。

ゆかりの実家でそんなことを考えた直後に聞いた隣りの家の風呂洗いの音も全然違っていた。亀の子ダワシのような硬いものでガシガシとタイルをこすっているような音がしていて、時間も夕方ちかかった。ゆかりが風呂場を洗う音が「前の人」が洗う音や手順と同じこともまったくありえない話ではないのかもしれないと啓司は思った。そのことを自分もゆかりも絶対に確かめられないが隣りの人は知っていると啓司は思った。

引っ越しの前に下準備で二回この家に二人で来たとき、ゆかりは「前の人が使ったのは……」と言ってトイレのスリッパを捨て、ガステーブルも使いにくそうだとか理由をつけて新しいのに買い替えた。

あの頃ゆかりが「前の人」について具体的にどういう像を作っていたか啓司は聞かなかったが、チューリップが伸びてきたのを見つけたときを境いに、「前の人」がゆかりには気にかからなくなった。というより一気に針が逆に振れるように勝手な親近感を持ちはじめた。そして啓司は「前の人」が気にかかりはじめた。

「前の人」がどんな人たちだろうが、同じ家に住むのだから似たような生活レベルのはずで、その人たちが残していったスリッパを使うことに啓司は抵抗がない。そんなことを気にしていたら病院のスリッパなんか履けないと啓司は思う。そういう物はどうでもいい。しかしやることが「前の人」と似てくるのは別で、たとえばこの家の、台所をぬかした四部屋の使い方にしたって、子どもが一人か二人いただろう「前の人」と子どものいない自分たちでは違うはずだと思うことで啓司は心のどこかの居心地のよさを確保していた。自分たちと「前の人」がまったく同じ場所で眠るような可能性はすごく低い。

そうは思うけれど、何といってもこれだけの限られたスペースなので、このリビングの同じ場所にソファを置いて同じ場所に置いたテレビを見ているというのはありえない話ではなかった。

原田啓司はゆかりと結婚してはじめて賃貸に住んだが（ゆかりもそうだ。ゆかりは田無で啓司は世田谷で育った）、前のマンションではそんなこと考えたことがなかった。そんな想像を持ちはじめた原因が自分でもよくわからなかったが、課長の沢崎と会社の内線電話の受話器の持ち方が似てきたと深見鏡子から言われたことがあって、あのとき深見鏡子は茶化すように笑ってそれ以上は何も言わなかったが、差別の感情を隠しているときのような不快さを彼女の表情に感じたような気がした。

自分の動きが自分のイメージしている動きと違っている。それは自分では確かめられなくて、まわりだけが知っている。しかもそれが沢崎の動きと似ている。今年四十八になる全共闘世代で、平社員だった頃は上司に批判的なことばかり言っていたくせに四十五で課長になったら大喜びし、いまでは部長の言うことにいっさい口応えしない。いつまでも若い気で、カラオケに行くとサザンオールスターズを歌い、「小室の曲はオリジナリティがない」と言い、歯周病で口が臭い。深見鏡子のように五年も一緒にいれば自分と沢崎の違いが歴史的にわかっているけれど（啓司は「歴史的」という言葉で考えた）、小宮理紗から見たら沢崎も自分も同じなんじゃないかと思うと、啓司はどんどんそっちにひっぱられていくような気分になる。

ゆかりは風呂場を洗い終わり、湯船に水を汲み込む音を立てて戻ってきた。

「二十分でタイマーが鳴るから、鳴ったらお水止めてくれる？」

「いいよ」

「あとは植えるだけだから、あたしの方もそれくらいで終わると思うけど」

水を汲み込む音もゆかりと啓司の実家では全然違う。啓司の母親は水流が弱ければ弱いほどメーターの上がりが少ないと信じていて、蛇口から出る水を細い棒のように絞るから湯船に十センチも水が溜まると音がしなくなる。そのかわり啓司の実家では水を汲み込むのに三時間か四時間かかる。

啓司が外を見ると隣りとの境いのブロック塀の上に茶色と白の猫がいて、こっちを見ていた。

顔の上半分が茶色で鼻と口のまわりが白、からだも背中の半分から前が茶で後ろが

白。啓司は猫は好きでも何でもないが、目が合ってしまいそのまま見ているとゆかりが気づいて首をひねり、

「あら、ジットちゃんじゃないの」

と、声を少し和らげて言った。

「知ってるのか」

言いながら啓司は自分でもおかしな言い方だと思ったが、ゆかりは気にかけずに、

「あの子、あそこの上からこの家《うち》の中を見てるのが好きなの」

と言った。

「十分とか二十分とか、じっとしてずうっと見てるの。だから『ジットちゃん』って、呼ぶことにしたの」

家の中の二人から見られると、塀の上の猫はこっちの二人には無関心だというように目をそらしつぎに片方の前足をなめはじめた。

「あたし最初はこの子、前の人にエサでももらってたのかと思ったの。——でも、どうもそういうことじゃなくって、ただあそこからああして家《うち》の中を見てるのが好きらしいのね。中で人が動き回ってたり、テレビに何か映っててチラチラし

たりするのを見てるのが、好きなんじゃないのかなあ。

それに肉づきもいいでしょ？　飼い猫か、野良だとしてもどこかでちゃんとご飯もらってるんじゃないかなあ」

そう言って、ゆかりは「ねっ」と塀の上の猫に向かって、ちょこっと首を傾けた。


堀井早夜香は誰かが引っ越してきたんだなと思った。

窓から乗り出して外を見ると、四世帯並んでいるアパートの一番隅の部屋に（早夜香の部屋は逆の隅で二階だ）、自分が引っ越してきたときと同じ大きさのトラックが止まっていて（たしか二トン車といっていた）、男が二人で布団袋なんかを降ろしていてその横に一人女がいて、三人とも笑ったりしゃべったりしていて、もう一人別の女の声も聞こえていた。早夜香は自分の引っ越しのときと同じだと思った。

あのときは日比野治と坂本秀樹が重い荷物を運び、早夜香と悠子が細かい物を運んだり整理したりした。男二人は重くて大きい物だけ運び終わるとトラックで勝手に一時間ぐらいどこかに遊びに行ってしまって、早夜香も悠子もちょっと腹が立ったけれど、それでも四人は高校の同級生でみんな二十二歳でとても楽しかった。荷物はいまよりずっと少なくて片付けが一通り終わったら、また四人でトラックで多摩川の河原まで遊びに行った。トラックでドライブするのはいつもと違った楽しさだった。早夜香と日比野治はつき合っていて、悠子も坂本秀樹とつき合っていた。だけど二人がそれぞれつき合っていたことよりも、四人でいることの方がワイワイしていてずっと楽しかった。

専門学校に行っていたとき早夜香は十七歳の頃が一番楽しかったと思っていた。でも日比野治とつき合うようになって、悠子ともまた頻繁に会うようになって、四人で遊ぶことが多くなったら二十二歳は十七歳より楽しいと思った。十七の頃は毎日毎日何をするにも親と喧嘩になったけれど、二十二になったら一人で暮らすことも許されてもう親と喧嘩しなくてもいいようになった。だからたまに家に帰って親と顔を合わせてもギスギスしないで笑っていられた。

日比野治と別れても悠子や繭や美帆と集まって飲んだり長電話していればそれでよかった。繭と美帆とは悠子を通じて友達になった。同じ頃悠子も坂本秀樹と別れたし、繭も美帆もつき合ったり別れたりを繰り返していた。四人ともずっとそうだ。でも今週は三人とも忙しいと言った。繭の予定は前からわかっていたけれど、悠子と美帆のことは聞いていなくて、ゆうべの夜中にやっと悠子と美帆に電話がつながった。つながって結局明日はダメだと言われたときも、早夜香はずっと舌で歯のなくなったところをさぐっていた。

ゴルフ練習場の痩せた老人は打ちっぱなしをつづけていた。

この老人がゆっくりではあっても淀みない一連の流れで打ちつづけられるのは、彼が長い年月をかけて練習をつづけたことの現われで、安定したショットを打てるということ自体に彼の経てきた時間が含まれていると野瀬俊夫は考えていた。

この老人は二階の喫茶店の窓際の席に坐った野瀬俊夫の視界にたまたま捉えられた存在で、ここから見える車道と脇道のT字路で規則的に赤、緑、黄を点滅させている信号やゴルフ練習場の塀に沿って生えていて風が吹くと葉が揺れるヒノキと同程度の視界内の一要素にすぎなかったかもしれないけれど、いまでは一方的ではあっても俊夫の側にある種の親しさのような気分が生まれていると俊夫は思った。

老人の骨格や筋肉に彼の仕事や生活を通じて身につけた動きの癖や傾向が反映されていて、彼が淀みない一連の流れとして安定したショットを打てることに彼がこの練習にかけた時間や彼の練習する態度や性格が反映されているのだと考えてはいても、この老人が経てきた時間に何か積極的に関わりたいと俊夫が考えているわけではなかった。

そして相変わらず老人がボールを打つのを見ながら、いまみたいに安定したショットを打てるようになってみると、もっとずっと思いどおりに打てなくて三回に一回ぐらいしかジャストミートさせられなかった頃よりも動きがずっと機械的になり、イメージの中でいちいち正しいスイングをなぞる必要もなくなっているのだろうと俊夫は思った。昔は気晴らしもかねてこうして来ていた打ちっぱなしが、いまでは思うほど気晴らしの機能を持たなくなっていることにもの足りなさとか戸惑いのようなものを感じることもあるのかもしれないと思ったり、それともそんな時期ももうとっくに通りすぎていて、いまのこの老人にとってはミスショットしたあとで二度素振りすることの方が気晴らしの機能を持つのかもしれないと思ったり、そういうことのすべてをいまでは考えずに心まで機械のようにして打っているのかもしれないと思ったりするのだが、それを老人自身に直接訊いて確かめたいわけではまったくなかった。

老人とまったく関係が結ばれていないところでいま俊夫はこんなことを考えているのだが、それでもそれはまるっきり老人と無関係の想像というのではなくて老人が具体的に自分の視界に存在するから生まれた想像で、そうであるかぎり自分と老人の二者をまったく関係がないと断定しきれるものなのか俊夫にはわからなかった。


堀井早夜香は外に出ることにした。部屋にいると昔のことをいつまでも思い出してしまうみたいだし、それより何よりじっとしていると気が紛れることがなくて抜いた歯の跡の穴ばかり気にしていて、なんだか自分がものすごくうじうじしている女みたいな気分になってくると思った。

どうせ近所しか歩かないと思っているから、早夜香は簡単に口紅だけ塗って、ジーパン、トレーナーとその上に革ジャンを着て出ることにした。さっき窓から見た引っ越しの人たちはいまは冷蔵庫を降ろしているところだったが、目が合わなかったので挨拶はしなかった。二十二歳が特別楽しかったわけではないと早夜香は思った。十七はなくて、あと二、三年もすれば二十五歳のいまだって二十二歳と比べてつまらなかったと思うわけではないのだろうと早夜香は思った。

　引っ越しの四人のしゃべるのや動くのを後ろに感じながら角を曲がると、いつものその〝サッカー少年〟が一人で塀にボールを蹴っていた。小学校五年生ぐらいの〝サッカー少年〟はいつも決まった女の子が見ている前で、頭と腿と足でポンポンポンポンッと器用に何回もボールをついていて、早夜香は二人のことを「いいな」と思う。自分の得意な技を好きな女の子に見ていてもらおうと思う〝サッカー少年〟の気持ちもかわいいし、それをじっと見ている女の子の気持ちもかわいい。

　それが今日は一人で、やっぱり一人だと淋しそうに見えると思い、「大丈夫。がんばってね」と心の中で声をかけ、今日は朝から憂鬱で重ったるい気分だけどそれでも心の中で〝サッカー少年〟に声援を送ったそういう自分のことを「いいな」と思いながら、商店の並んでいる通りまで出るといつもの土曜よりずっとたくさん人が歩いているように早夜香に感じられて、早夜香は進藤と別れたことが、やっぱり自分をいつもよりずっと心細くさせているんだと思った。そして自分一人だけみすぼらしい格好で歩いているようだと感じたり、革ジャンの背中に穴があいていてそれをずっと誰かに見られているようだと感じたりした。

「030―×××―××××」自然と携帯電話の番号が出てくる。アドレス帳をいちいち確かめなくてもほとんどの電話番号を暗記していることを早夜香はいつも少し自慢に感じているけれど、こういうときは憂鬱だと思った。宮里隆一の番号もまだ忘れていないし、日比野治の番号も忘れていない。日比野治のだったらアパートのも厚木の自宅のも両方出てくるけれど、アパートはもう狛江のあそこではないだろうと思った。記憶はこういうとき、脳ミソにできた傷跡みたいだと早夜香は感じた。

記憶力だったら渡辺彩子はもっとよかったと早夜香はまた彩子を思い出し、彩子がいつもきれいにマニキュアを塗っていたことも思い出して、自分の爪を見ると火曜の夜に塗ったきりだったから剥げてきたならしくなっていた。きのうこんな爪で会社に行って北川先生のところにも行ったのかと思うとまたみじめでなさけないような気分になった。こんな気分の日は逆にきちんと化粧しなければいけなかったと感じた。渡辺彩子だったらきっとそう言うだろうと思った。

「お化粧はテクニックだって、割り切るのよ」と渡辺彩子は言った。

「マニキュアは一つの爪を三回で塗れって十九のとき教わって、私もバカだったから毎晩練習なんかしちゃったの。アイラインは一回で気合いで、スッと——。でも、あのとき練習したおかげであれからずっとできてるものね」

渡辺彩子は記憶力もテクニックだったと早夜香は思った。二ヵ月前のことでも「あれは何月何日」と思い出せてしまうのは、カレンダーの曜日ごとのタテと季節がどう変わって仕事が何だったという一、二週間単位の変化を重ね合わせるんだと言った。

働いていると月、火、水、木……と、曜日ごとにやることが決まっているからそういう風に憶えられるんだなんて言ったけれど、そんなことを言った人は渡辺彩子のほかに会ったことがない。渡辺彩子を見ていると生きるということが自分なんかよりずっとカッチリしているし簡単そうだと感じていたことを早夜香は思い出した。

早夜香は〈珈琲館〉の前を通った。ここを通るといつも、珈琲館はチェーン店でどこの珈琲館もうまいというわけじゃないけれどここのコーヒーはうまいと、進藤がはじめて二人で入ったあとで言っていたのを早夜香は思い出す。あれから二人で何度も入ったわけではないし、一人でここに入ったことはないけれど、中の誰かから見られたくなくて早夜香は真っ直ぐ前だけ見て通りすぎた。

渡辺さんは季節ごとにだんだん暖かくなったり涼しくなったりしていくのが二、三週間単位の記憶のもとだなんて言ったけれど、いまのあたしには進藤さんと別れた十日前のことが二ヵ月か三ヵ月前みたいに感じられると早夜香は思った。本当に十日前は真冬みたいに寒かった。今日はぽかぽか暖かくてたった十日間の変化とは思えなかった。

二人で夜何度も買い物をした酒屋の前を通りながら、店のおじさんは自分たちのことを夫婦と思うか、不倫とバレるか、それともただの恋人と思うだろうかとよく考えたことを思い出した。早夜香は真っ直ぐ前を見て通りすぎた。そのあいだずっと中から見られているような気がした。いつものように中を見て目が合ったら軽く会釈できないような自分が嫌だった。田島幸恵みたいにもう四年以上も同じ相手と不倫をつづけているのもいるけれど、あたしは一年つづいたら冷めていた。

はじめのうちだけちょっと高い店やおもしろい店に連れていかれたけれど、すぐに人目を気にしてあたしの部屋にばっかり来るようになった。「部屋の中は落ち着く」なんて言っていたけれど、部屋の中に二人でいるとなんだか貧乏くさいし、するタイミングばかり考えているみたいで嫌だった。部屋に来るというのは結局それでしかない。高校生でもあるまいしどうしてすることばかり考えるんだろうと思ったけれど、そんなことより奥さんの影がチラつく方がずっとシラけた。進藤本人の癖や習慣と奥さんとの関係から作られたもう一つの癖や習慣みたいなものの違いが見えるようになったときから、「シラける」と感じるようになった。

セフィーロの後ろのシートに子ども用の席が取り付けてあるのはむしろカムフラージュで、「進藤さんは奥さんのシリに敷かれてる」とか「あんな美人の奥さんと、とってもかわいい子が二人もいるんだもんね」とか、みんなから冷やかされるというより、わざとみんなにそう言わせるように持っていく進藤のしたたかさが早夜香は好きで（もっともその車でどこかに出掛ける気はしなかった。進藤も誘わなかった）、若い女の子たちからかなり人気のある進藤とつき合っていることに優越感も感じたけれど、そういう気分ははじめのうちだけだった。

奥さんの影を感じたのは、「今日何があった？」と訊いて早夜香にしゃべらせておきながら、空返事ばかりで本当は少しも聞いていないのに気がついたときで、あれが奥さんとの形ばっかりのやりとりを早夜香に想像させたのだった。

進藤は急須に淹《い》れたお茶を自分で注がないで、なぜか必ず注がれるのを待っていた。

何ヵ月たっても餃子を食べるとき早夜香の小皿に酢を入れなかった。とても小さなことだったが、そういうとき早夜香はものすごくはっきりと奥さんの存在を感じ、シラけて、離れたところから自分と進藤のやっていることを眺めているような気分になった。でも「もう終わろう」と言ったのは進藤の方だった。

言われたとき早夜香は、あたしはいつも突然フラれる、何が原因か誰も言わない、言わせようとしないあたしは気が弱い、そうじゃなくてやっぱりあたしは意地っぱりなのかもしれない、言わないのはあたしの雰囲気が言わせないんだろうか、それともあたしはすぐ新しい男を作ると思われるんだろうか、とそんなことをつぎつぎ思いながら、結局一言だけ「じゃあ、出てって」と言い、言いながらこんな態度は不倫の男に一番都合がいいんだろうなと思った。けれどほかの言葉をしゃべる気はしなかったし、ほかの言葉は何も浮かばなかった。

野瀬俊夫の視野にいまはカラスが入ってきていた。ゴルフ練習場の痩せた老人はゆっくりではあっても淀みない動作でボールを一つ一つクラブで手前に引き寄せてそれを打ちつづけていた。

カラスは俊夫のいる喫茶店とゴルフ練習場のあいだを横切るようにかかっている太い電線に止まっていて、そのカラスのほかにも練習場の塀沿いに立っているヒノキに二羽止まっているのが見えた。ヒノキにはもっとカラスがいるのかもしれないが、木に止まっているカラスは葉に隠れてよく見えなくて、電線のカラスだけが俊夫に間近に見えた。

電線のカラスは嘴《くちばし》を半開きにして空を見上げたりゴルフ練習場を見降ろしたりしていて、それを見ていると、このカラスだけがほかのカラスと別の関心を持っているように感じられ、このカラスの視野の中でも自分の視野の中と同じようにそこの老人がゆっくりとした淀みない動作でボールを打っているのだろうと俊夫は思った。

ゴルフが何であるかなんてカラスにはまったく意味がないだろうが、振り回すクラブの動きや飛んでゆくボールの軌道がカラスの視覚にとって何らかの刺激になるのなら、人間が「おもしろい」と呼ぶのと同質の感覚をもってカラスもしばらくはそれを眺めるだろうと俊夫は思った。

このカラスがかつてゴルフの打ちっぱなしをしている人間からタコヤキをもらった

ことがあったとしたら、またもらえる期待のようなものを漠然と感じながら老人を見ているということもまったくありえない想像でもないかもしれないという考えが浮かんだとき、それはいかにも彩子の喜びそうな想像だと俊夫は思った。彩子はゴルフ場でカラスが飛んでいるボールを空中でキャッチするところをテレビでやっていたり、近所でカラスが塀の上から中にいる犬と「ワンワン」「ワンワン」と犬を真似て鳴き交わしていたのを見たりすると必ず俊夫に話した。老人が打ちっぱなしを終えたときに「おーい、カンちゃん帰るよ」と一声呼んで、このカラスが老人の肩に飛び降りたりしたら彩子はものすごくおもしろがるだろうが、カラスが明確に何かを期待したり行動したりするというような、簡単に言葉にして他人に伝えられることはいまの俊夫にはいわば部分的なことだった。

野瀬俊夫の視野の中でも電線のカラスの視野の中でも等しく老人がゴルフのクラブを振り回している。そのことが俊夫にはいまは一番おもしろいことだった。

誰かが別の誰かの視界にいる。自分でない者の視線を想定しないかぎり自分に関する〝像〟は生まれないというのは、精神分析なら一般的な考えだろう。

「私はイメージの中で、ずっとあなたに見られていて、考えることだっていつもあなたに話しかけて聞いてもらっていた。十年間、イメージの中ではずっとそうだったけれど、現実はそうではなくなっていた。そのことはずいぶん前から気がついていたけれど、やっぱりそれに気づいたことで、イメージの中でのあなたから見られているという気持ちも、あなたへの語りかけもだんだん消えていった……」という彩子の言葉はまさに自己像に関わる、いわば人間としての始原的な心の操作のようなものを説明しているということだろうが、自分の像なら動物も持っていると俊夫は思う。それがなかったら動物たちはやすやすとシッポでもどこでもからだの一部分をつかまえられてしまうのだから、自己像の起源は生存の要請あるいは淘汰の産物だろうと俊夫は思った。

クジャクはクジャクとして、長い尾だか羽だかの先端まで自分の一部として把握しているだろう。クジラもあんなに大きなからだの全体を自分として把握しているだろう。シッポを再生できるトカゲはシッポが自分の一部だという自己像が欠落しているのかもしれない。飼っていたハナコは寝ているときも坐っているときもシッポを足に巻き付けていたけれど（猫はふつうみんなそうする）、ニャン太は巻かずにだらんと伸ばしていてしょっちゅう俊夫と彩子に踏まれていた。俊夫はそんなことも思い出したが、誰かが別の誰かの視界にいることは、自分でない者の視線を想定することとは違っていると思った。

いま二階の喫茶店にいる俊夫の視界には電線のカラスとゴルフ練習場の老人がいる。カラスも老人も自分が野瀬俊夫という人間の視界の中にいることを知らない。カラスは自分が俊夫の視界にいることを知らないまま、自分の視界に老人を捉えている。老人は俊夫とカラスの視界にいることも知らないままゴルフ・ボールを打ちつづけている。

老人は何も知らないけれど、カラスと俊夫に視覚としての刺激を供給し、俊夫とそしておそらくカラスにもある関心を供給している。老人は何も知らないけれど、自分がしていることを人間はすべて知っているわけではない。人間はふつう自分が食べたものを「いま胃が消化している」なんて知らずに消化するのだし、集中して何かを考えているときにいつもよりたくさんの血液を頭に送り込んでいることも知らずにそうしている。老人が俊夫とカラスの視界にいることは、老人にとって知らないというそれだけで片づけられてしまうことなのか、老人にはまったく何も関係ないことなのか俊夫にはわからなかった。

ゆかりは花を植えに庭の東側に行ったが、ジットちゃんと呼ばれた茶と白の猫は相変わらず塀の上から啓司を見ていた。

ゆかりがジットちゃんと呼んだ猫のことを「あそこからああして家《うち》の中を見てるのが好きらしいのね。中で人が動き回ってたり、テレビに何か映ってチラチラしたりするのを見てるのが、好きなんじゃないのかなあ」と言ったとき、啓司はそれならこの猫は「前の人」と自分たちのどこが似ていてどこが違っているのか知っていると考えた。

それから啓司は「犬は三日の恩を一生忘れないが、猫は三年の恩も三日で忘れる」という諺を思い出したり、「犬は人につくが猫は家につく」という諺を思い出したりして、猫の記憶が諺どおりに中に住んでいる人間でなくて家そのものの方にあるのだとしたら、ジットちゃんというこの猫にとって自分たちは、この家という同じ舞台でダブルキャストで同じ芝居をしている役者とかそんな程度にしか見えていないに違いなくて、こいつに訊いてみてもきっとしょうもない答えしか返ってこないんだろうと思った。

ゆかりはさっきジットちゃんの話をしたときに、ジットちゃんを知ってからもう二ヵ月ちかくたつのに一度も啓司に話していなかったと思った。そしてそれを意外と感じるよりもむしろずっと自然なことと感じていたことの理由をいまマリーゴールドを植えながら考えていた。

何でもスッパリと断言する真知は「夫婦は『愛』じゃなくて『運営』なのよ」と言う。愛があるからうまくいくんじゃなくて、円滑な運営がさきにあってその上に愛ができあがるのが夫婦というもので、夫婦と恋人は違うんだというのが真知の言い分で、真知自身は結婚していないけれど結婚にかぎらずたいていのことは、経験したからよくわかって経験していなければわからないというものではないとゆかりは思っているから、真知の言うことに反対しないどころか基本的には賛成だけれど、猫の話を出さなかったのはそういうことと少し違うと思った。

ジットちゃんの話をしながらゆかりは、もう一匹、小さくて痩せた黒とこげ茶のトラ縞の猫のことも思い出していたが、啓司にその話をするつもりはなかった。自分が関心を持っているからといって別の人がそれをおもしろがるとはかぎらない。関心を持つとかおもしろがるとか、あるいは心配するでもおこるでも、感情が動くということはとても個人的なことで、本人にとってはどういうことではなくても相手にしてみれば剝き出しのものを見せつけられたような気分にさせられることがあるとゆかりは思う（それに真知が言うとおりゆかりの感情はときどきとても強く表われてしまう）。だからジットちゃんの話はあれでも話しすぎたかもしれないと思うし、もう一匹の猫のことはずっと話さないだろうと思った。

黒トラのその猫にはゆかりも名前をつけていない。ここに引っ越してすぐにゆかりはその猫が和室から突き出ている濡れ縁で午前中の陽差しに当たっているのを見つけ、いまでも晴れているとだいたい毎日濡れ縁に来て日向ぼっこをしているのだが、ゆかりがいるのを察知するとその猫はすぐに逃げていく。

二ヵ月ちかくたってもその関係はまったく変わっていないが、朝六時半に起きてまだその猫が来ないうちにカツオ節をかけたご飯を濡れ縁の下に出してみたら猫はそれを食べていて、ジットちゃんと違ってこっちは野良なのだろうとゆかりは考え、自分のほかに何人の人がその猫のことを知っているかなんて知りようがないけれど、自分一人にしか知られていないことだってありえないことではないとゆかりは思い、それを真知に話した。ゆかりは真知にだけは何でもしゃべる。

真知は「ゆかりも苦労だよねぇ」と言って、はじめは笑っていたけれど、

「それは日本中で毎日何百匹って捨てられてる子猫がいてさ。それとたまたま出会っちゃったら、拾おうかどうしようかって悩んでさ。あたしは結局拾っちゃうんだけど――。出会わなかったら拾わないし、拾おうかどうしようかって悩むこともない、っていうのと同じだよね。見なかったら知らずにすんで、『何もなかった』と思って平和な気持ちでいられる、っていうことだよね。

でも本当はいっつも子猫は捨てられてるし、保健所では山ほど野良犬が処分されてるし、しなくてもいい動物実験で犬も猫もウサギもネズミも殺されてるし、――」

と言い、そこでまた笑った。「もう笑うしかないじゃん」という笑いで、「あんたなんかに言うんじゃなかった」と言って、ゆかりも笑った。でも笑ってからゆかりが、

「知るか知らないかは、本当にそんなに決定的な違いだと思う?」

と言うと、真知は、

「ゆかりがよく言ってるとおり、想像はめったに現実の上をいかないからね」

と、すごく真面目な顔で言い、それ以上答えなかった。とそんなことを思い出した

り考えたりしていると、さすがにさっきのように口は歌を歌っていなかったが、手は考えと関係なく動きつづけていて二つ目のマリーゴールドの十鉢を植え終わり、ゆかりはつぎのバーベナに移った。

堀井早夜香は自分をみすぼらしく感じる気分から離れられなかった。進藤と一緒に歩いた回数より一人で歩いた回数の方が何百倍も多いのに、まるではじめてこの道を一人で歩いているみたいで、心細さでからだの中身が流れ出しそうだった。まるで婚約が決まったあとの雅子さんみたいだと早夜香は思った。早夜香はたまにそう感じる。

婚約発表の二日後に渡辺彩子が、雅子さんが近くの歩き馴れた商店街を「こうやって歩くのも今年が最後」という思いをかみしめながら歩いた話をして、それを聞いて以来早夜香はなんだか淋しくてしょうがないようなとき、一人で街を歩いていると雅子さんみたいと感じる。皇太子と雅子さんの婚約が発表されたのは一月六日の夜だった。一月六日は姉さんの子どもの誕生日であの夜は姉さんのところにいたから忘れない。

雅子さんは年が明けたら正式に婚約発表されることを知らされていた（と彩子は言った）。皇太子との交際がはじまったときからもちろん警備なんかがつくようになっていただろうし、マスコミの隠れた取材もずっとつづいていただろうけれど、それでもまだ雅子さんは民間人で、普通の人たちよりはるかに注目されていたといっても、正式に婚約とならないかぎりは一人で街を歩くことができていた。

それが年が明けたら婚約を発表すると知らされ、うれしいとか辛いとかそういう感情以上に、自分はもういままでのようにして一人で街を歩くことができなくなる、本当にもう二度とできなくなるのだなと思いながら雅子さんは街を歩いた。

十二月の街はどこもクリスマス・ソングが流れていて、子どもの頃から数えきれない回数を歩いた近所の目黒の商店街にもクリスマス・ソングが流れている。一つ一つ、店の並びもそこにいる人もすべて記憶に刻み込まれた商店街を雅子さんは、「あと何回この道をこうして歩くことができるのだろう」「来年からはもう、クリスマス・ソングの流れる街を一人で歩くことはない」「ここだけでなくてどこも、クリスマス・ソングの流れているところを一人で歩くことは、もうない」「目についたドレスやコートがあったら店に入ってそれを手に取ってみることも、もうない」「喫茶店に一人で入ってコーヒーを飲むことも、もうない」「人の流れに合わせて歩いたり、それより遅れて歩いたり、ふと立ち止まって、これからどっちに行こうかと迷うことも、もうできない」と、そんなことをいっぱいいっぱい思いながら残された最後の何日間かを歩いた……。

昼食を食べながら渡辺彩子がこれをもっとずっとイメージ豊かに話したとき（そのときたしか宮里隆一もいた）、早夜香ははじめて感じる種類の気持ちを感じてジーンとなった。悲しいとか淋しいとかと違う、厳しい感じのするものだった。「厳しい」という言葉はこういうときに使うものだと早夜香ははじめて思った。

そしてこんなことを考える人がいれば雅子さんのそのときの孤独も少しだけだけれど救われると感じたのだが（その少しがすごく大事なんだと早夜香は思った）、いつも余計なことを言う小芝英子が「そんなの贅沢な悩みじゃないですか」と言って早夜香の気持ちをぶち壊した。

「あたしなんか親の転勤に合わせて二年に一回ぐらいずつ引っ越してましたから、そんな雅子さんみたいなこと、はっきり言ってどこの街にも感じられませんよ」とかそんなことを言った。「はっきり言って」というのが小芝英子の口癖で、そのたび早夜香は「バカっぽく聞こえる」と思ったのだが、あのとき渡辺彩子が何と言い返したのかいまは思い出せなくて、思い出せないということは何も言い返さなかったということだったのかもしれないと早夜香は思った。

雅子さんがどんなにいい家柄で財産もあって小さなときから近所でもどこでも特別扱いされていたとしても、「自分一人」と感じるときはきっとあたしと同じだし、「もう二度と戻らない」と感じるのもあたしと同じで、人のことをそういう風に考えることができなかったら自分のことを考えてくれなんて思ってはいけないと早夜香は思った。前にも感じたことだけれど、今日はとても強くそう感じた。

あたしが「自分一人」と感じるのと雅子さんが「自分一人」と感じるのや渡辺さんが「自分一人」と感じる感じ方は本当は違っているのかもしれないけれど、あたしが「自分一人」と感じているときに、渡辺さんが渡辺さんの感じ方で感じている「自分一人」の気持ちをあたしに当てはめて何か言ってくれたとしたら、あたしは「そうじゃない」なんて絶対に言わない。人は自分の感じていることしか本当に感じることができないのだから、あたしはそれを「そうじゃない」なんて絶対に言わない。あたしはあたしの「自分一人」の感じを渡辺さんや雅子さんに当てはめることしかできない。

それしかないんだと早夜香は思った。

いまあたしは「自分一人」と感じてここを歩いているけれど、雅子さんが一人で歩いたことを渡辺さんから聞かされてあたしはジーンときて、そのジーンときたことをとても強く憶えているから、あたしがいまこうして一人で歩いていることも「いろいろな気持ちをいっぱいにして一人で歩いている人間」のこととして誰かに想像してもらうことができるんだと早夜香は思った。

渡辺彩子だったらもっとずっとうまい言葉で表現するんだろうと早夜香は思ったが、とにかくこのことを早夜香はとてもリアルに感じることができた。いま自分が一人だけでいる気持ちをわかってくれる誰かがいるんだと思ったとき(その人と一生会わなくても)、早夜香はいままで感じていたみすぼらしさや心細さで中身が流れ出しそうだった自分のからだが一つにまとまりを取り戻したように感じた。そしてそう感じたときに商店の並びの奥にある古い家の大きな桜がいっぱいに咲いているのが見えた。

この道を歩いている人の数が多いのは、自分が心細かったからではなかった。心細くてそう見えたわけではなくて本当に多かったのがわかった。商店街をこのまま歩いていけば桜がたくさん咲いている遊歩道がある。そこに行こうとしている人が歩いていたのだったと早夜香は気づき、それと同時に舌が歯の跡の穴をさぐっているのに気がついた。歩いて考えているあいだも舌はずっと歯の跡の穴をさぐっていたのかもしれないけれど、気持ちの方は歯のことはずっと忘れていて、少しも痛みも歯茎の重く押される感じもなかったから、もうあんまり気にしないでこのまま桜の遊歩道まで歩くことにした。

カラスはまだ電線に止まっていた。ゴルフ練習場の痩せた老人はさっきと同じゆっくりではあっても淀みない動作で打ちっぱなしをつづけていた。野瀬俊夫はカラスと老人を見ていた。

俊夫が見ていなくてもカラスはゴルフ練習場の老人を見ているし、カラスがいなくても痩せたこの老人が練習場でボールを打っていることそれ自体は変わらない。しかし現実にこの世界の中では、カラスが老人の動きを視野にとらえることも起こっているし、俊夫が老人の動きを見ていることも起こっている。見ながらそれにともなっていろいろな考えが浮かぶということも起こっている。それらはどれも現実の老人がいるからこそ生まれた視覚であり、老人がきっかけとなって生まれた考えだと俊夫は思った。

老人から出た光は俊夫とカラスそれぞれの眼球の水晶体を通ってそれぞれの網膜の上でまさに物質的に光学的な像として結ばれている。それが網膜から奥に伝わるときには光学的な像とはまったく別の電気信号となって神経細胞の軸索の化学物質による反応を誘発しながら大脳新皮質に伝わり、神経細胞間で電気が点滅し脳内の化学物質が出ることで、映像としての解釈をし、ある記憶を喚《よ》び起こしたり考えを導いたりする。それは実験的に実証することが途方もなく困難ではあっても、〝魂〟とか〝霊〟とか〝精神〟といった言葉からイメージされる一塊《ひとかたまり》のものでない、確実に一つ一つの神経細胞によって成り立つ部分の集積としてのネットワークが稼動している状態のはずで、現実として脳の中のある地点からある地点に物質が動き、そのために血液中の酸素をはじめとする多くのエネルギーが消費されている。そういうことが起こっている。それらの物質的なことがこの世界にどのように記録されるのだろうと俊夫は思った。

たとえば、電線に止まっているカラスがビデオ・カメラだとしたら、カラスの網膜上で起こっていることは記録されていく。すべて記録されるわけではないだろうがほぼ正確に記録される。同じように俊夫の目がビデオ・カメラだったら俊夫の網膜上で起こっていることも記録される。人間の網膜に映る映像と同じものは機械で記録していくことができる。それらの画像はすべて二次元の平面上の情報でしかないけれど、人間の網膜だって二次元情報でしかない。外界の凹凸に合わせて網膜自身が凹凸を作り出しているわけではないのだから網膜に映っている画像も同じように二次元で、人間は網膜の上に映し出された二次元の画像を、動物として生存するために最低限必要な画像処理能力と経験をもとにして三次元の立体像に変換し、それを外界の実体と解釈する。

車の〝真正面〟〝真横〟〝真上〟という三枚の写真があれば立体像として構成することができるのは、人間に備わった画像処理能力と経験があるからだし、ジョウロの頭のシャワーのような口を見るだけでジョウロの全体を思い浮かべることができるのも画像処理能力と経験があるからで、そういう画像情報を統一して構成する脳の部分が損傷を受けると、ある症例では三枚の写真から一台の車の立体像を構成することができてもジョウロの頭という部分だけでは全体を思い描けなくなり、別の症例ではジョウロの頭から全体を思い描くことができても三枚の写真から一台の車を構成することができなくなる。それらの症例は脳の機能が、〝精神〟〝魂〟〝霊〟という言葉からイメージされる分割不能なものではなくて（「分割不能？　水枕の中身のようなものね」と彩子なら言うと俊夫は思った）、明確に脳の局所あるいは部分が機能に関わる、いわば配線とか料理の手順のようなものであって、脳の機能が全般的に低下するわけではない。だから塩を入れ忘れた料理にも辛さはあるように（これも彩子のようだと俊夫は思った）、画像情報を統一する能力は失われても話すことも歌うことも走ることもできる（「脳はカレーのルーのようなものだ」と言えば彩子によくわかるかもしれない。「カレーのルーにも脳にも一つ一つのプロセスがあるけれど、出来上がりからはプロセスや手順は想像できないだろ？」と言っている姿を俊夫は想像した）。

網膜に映る二次元の画像を三次元の立体像として把握するのは、脳が行なっている複雑な処理の一つではあるけれど、そういう処理は必要な機能と情報さえあればいつかは機械でも同じことができるようになるだろう。それはいますぐにも実現しそうでもあるし、ものすごく困難なようでもある。機械には「車とはどういうものか」という情報を事前に入力しておく必要があるけれど、人間も同じで、車というものを見たことがない人に三枚の写真を見せるだけでは車をよく知っている人のようにリアルな立体像をイメージすることはできないし、ジョウロを見たことのない人にジョウロの頭だけ見せてもどんな物体か想像できない。

二次元の画像から立体像を推論するというプロセスだけなら機械も人間と同じことができる。そのプロセスを実行する機械が人間とは似ても似つかない外観と構造になるとしても、レンズがスクリーンに映像を映し出すのと同じ光学的な反応としてはじまり、その後、脳の中で複雑に連結した神経細胞があちこちで通電して化学物質を放出して理解にいたる人間の「見る」のプロセスの中で起こっていることが、解剖学的モデルではなく情報の伝達や構築のプロセスとしてモデル化されたらそういう機械を作ることはできる。

動物の目がすべてビデオ・カメラだったら、この世界で起こっていることはさまざまなアングルで記録され、事後にかなり精密に再現することができると俊夫は思った。あるいは人間の脳で起きていることがすべて物質的に解明されて、すべての人間が自分の脳で起こっていることを逐一記録していく装置を、いまファッションとして背中にしょっているリュックサックと同じように背中につけて生きるようになったら、こうして考えているようなこともすべて記録され再現できると俊夫は思ったけれど、事後に再現できることとこの世界に物質的に記録されることが同じなのか俊夫にはわからなかった。

ラベンダー、マリーゴールドにつづいてバーベナを植えながらゆかりは、あの黒トラの猫はこの時間どこで何をしているのだろうと考えてみたけれど、ちゃんとしたイメージは少しも浮かんでこないと思った。

あの黒トラの猫が、この家の濡れ縁と同じように陽が当たっているところでぽかぽか日向ぼっこしている姿や、近所の駐車場でよく見かける猫のように車のボンネットの上で昼寝している姿なら、いつも簡単に浮かんでくるけれど、そういうものはほかの猫の記憶をあの猫に当てはめているだけで、〝イメージ〟ではないと思った。もっとずっと薄暗くて全体がはっきりしない映像だけれど、どこかの物陰に潜んであの猫の耳だけが過敏にぴくぴく動いている様子や、誰かの足音が近づいてくるのを察知してさっと立ち去る後ろ姿も浮かんでくるけれど、それも借り物の知識でやっぱり〝イメージ〟ではないと思った。あの黒トラの猫を知らなければ考えつかなかった猫の姿や光景、そういうものでなければしょうがないと思った。

ジットちゃんのような猫は人間ととても近いところまで来て、人間に見られていても平気で、逆に人間のやることを見ていられるくらい神経が太いのだから、仮りにジットちゃんが野良猫だとしても、見えないところでも自分の想像するのとそんなに違わないことをしていると思えるけれど（しかしそれも確認したわけではないけれど）、人間に見られることに一秒と耐えられない黒トラの猫は、人間としての自分が想像するのと全然違うところを道として伝い歩いて想像もつかない場所で休むのではないかとゆかりは思った。

「あなたみたいに猫のことがよくわかっていない人に見つかるくらいだから、その猫もそんなにメチャクチャ人間のことを怖がってるわけでもないと思うよ」と真知が笑って言ったとき、ゆかりには真知が「あなたは猫のことを何も知らない」と言っているように聞こえた。

真知の言うとおり、黒トラのあの猫は「前の人」にはある程度なついていて、だから毎日ここの濡れ縁に来て日向ぼっこをするようになったのだけれど、突然（猫にとって「突然」）ここに住んでいる人間が替わってしまって、いまはとても戸惑っているという状態なのかもしれないという推測もしてみるのだが、そういう状態が二ヵ月ちかくつづくことなんかあるのかどうか、ゆかりには見当がつかなかった。

確かに、猫の心も「前の人」のことも全然わかっていないとゆかりは思う。たとえばどうしてチューリップは赤と黄が二株で深紫と斑入《ふい》りが一株だけだったのかもわからない。だいたい、球根を埋めた場所がなんだかとても中途半端なのも変だとゆかりは思っている。それでゆかりは、全部二株ずつ埋めたけれど深紫と斑入りは一株しか芽が出なかったとか、もっとずっとたくさん埋めたとか想像してまわりを掘ってみたけれど、球根は見つからなかった。

「前の人」のことをすごくやりっぱなしの人たちだと決めつけるのは勝手だけれど、そんな勝手さは全然想像したことにならなくて、こんなにいい土になるまで手入れされていたのに何も植えていなかったことも、チューリップのほかに何も生えてこないことも、全然説明がつかないとゆかりは思った。

あの黒トラの猫が見えないところでどうしているとか、「前の人」のこととか、そういうことはいまここでじっとしていくら考えてみてもわかるものではない。それはわかっている。それともたとえば美奈恵が信じている考え方のように、心のすごく深いところでは自分一人ではなくてみんなとつながっていて、人間だけでなくて動物とも自然とも交流しているという考えをもっと自然なことと受け入れることができて、心のそういうところまで、深い深い海の底に向かって静かにゆっくり糸を垂らすようにして想像力を届かせることができれば、黒トラのいるところに近づくこともできるかもしれないとも考えるけれど、そういうことを、見ることとか痛さや寒さを感じることのようにリアルに感じられているわけではなかった。自分は美奈恵のように感じたり信じたりすることもできないし、真知のように頭でスッパリ切っていくようなこともできないとゆかりは思うのだった。

啓司は立ってリビングと和室の境いまで行ってサッシのガラス越しにゆかりがバーベナを植えているのを見た。チューリップの隣りにマリーゴールド、その隣りがいま植えているバーベナで、ラベンダーはその三つを囲むようにL字に植えられていた。さっきと違ってこうして花が並ぶと、しゃがんで土をいじっているゆかりが土いじりをしている子どものようには見えなくて、ゆかりという特定の人間でもない、猫の額ほどの庭を丁寧に心をこめて手入れして園芸しているどこにでもいる女の一人でしかないように啓司には見えた。マンションのようにどこにでもある部屋割りの家と違い、こういう一つ一つ特徴のある一軒家というのは、その家と庭に合った暮らし方や楽しみ方を作り出す引力みたいなものがあるんじゃないかと啓司は漠然と考えた。

堀井早夜香は花見客が集まってくる遊歩道を歩きはじめていた。

朝のうち曇っていた空はいまはずいぶん晴れて風もなくて、歩いていると汗ばんでくるくらいだった。腕時計をしてこなかったから正確な時間はわからないけれど、だいたい十二時ちょっとすぎといったところのはずで、そんな時間なのに携帯式のガスコンロでバーベキューのようなことをはじめているグループまでいて、早夜香はやっぱりいまの自分の気持ちにこういう場所はそぐわないと感じた。でもだからといって、そんなことで部屋に戻ったりしたら出掛ける前に気分が逆戻りしてしまうと考え、早夜香は悠子の言うとおり自分は意地っぱりだと思った。

カラオケ・セットを持ち込んで歌っているグループもいるし、なんだかよくわからないゲームをやってドッと盛り上がっているグループもいる。垢抜けない格好のおじさんおばさんのグループは寿司と惣菜を広げて大きな声でしゃべって下品な笑い声を立てていて、工務店の名前の入ったジャンパーを着ているおじさんだけのグループはなんだかノリそびれたみたいな感じで乾き物だけ並べてビールや日本酒を飲んでいた。若い夫婦三組のグループは飲み物はビールとワインとジュース、食べ物は簡単にサンドイッチだけで、まわりで三つか四つくらいの男の子が二人走り回っていて、もう一人お父さんの頭にジャレついてうっとうしがられている子がいて、まだほかに生まれたばかりのような赤ん坊まで連れてきていた。髪を後ろに束ねた四十くらいのハンサムでインテリそうな顔をした男とその奥さんみたいな人と、もう二人、二十歳ぐらいの女の子というグループは四人とも片手に缶ビールを持ってほかは何もなくて坐って静かに話していて、話は女三人もするけれど半分以上は髪を束ねた男がしゃべっていて、男はさかんに包丁を研ぐような手真似をしたり何かをすくうような手真似をしたりしていた。男五人と女三人のアタマの悪そうな大学生ぐらいのグループはビールとウーロン茶の缶だけしかなくてシートにも余裕があるからまだほかにも来るのを待っているらしかったが、なんだかちっとも盛り上がっていなくて、男二人が下心見え見えの目で一人の子を見ていた。

早夜香はなんだかみんないじましいなと思った。「いじましい」という言葉の正確な意味を知っているわけではないけれど、きっとこういうときに使うものだと思った。せっかく一年に一度のお花見に来るのに、みんな普段どういう風に遊んでいるとか生活しているとか楽しんでいるとか、そういうことがだいたいわかってしまう。一年に一度のお花見だから普段と全然違うことをしようなんて誰も思っていない。一年間いろいろ準備して仮装して集まって来るとか、みんなに見せて通りかかった人たちに振る舞うくらい気合いの入った料理を並べるとか、そういうことをすればいいのに、これでは全然つまらないと早夜香は思った。

みんな人に見られていることとか全然考えていなくて、携帯電話が鳴って話し出したら人前でも平気でへらへらべちゃべちゃしゃべる女とか、夜遅い時間の電車の中のコンパ帰りの大学生みたいに、自分たちばかり酒を飲んで何か食べて笑えればいいと思っている。さっきまで心細かったあいだ早夜香は、人から見られる自分をみすぼらしく感じたり背中に穴が空いているみたいに感じていたりしたけれど、こんな人たちのためにそんなことを感じたのかと思うとバカらしかった。こういうとき渡辺彩子がどう言うかいますぐには想像できなかったけれど、悠子だったら「こんな人たちのために咲く桜がかわいそう」と言うだろうと思った。

早夜香は遊歩道の脇の手摺《てすり》に浅く腰掛けた。早夜香の目の前で桜の花がぽとりと花弁ごと落ちてきて、見上げるとスズメより一回り大きい鳥が枝のあいだをピョンピョン跳ねるように飛んでいた。そうやって見ていると早夜香の視界の中でまた一つ、鳥が花を花弁ごと落とした。

地面を見ると花弁ごと落ちている桜がけっこうあって、風や雨だけでなくてああいう鳥たちも桜を散らすことを知った。桜の花が、咲いて、散る、というサイクルは季節のものだから、気温や風や雨のような気象だけが関係しているとしか早夜香はいままで考えたことがなかったけれど、桜の花の咲いて散るサイクルの中にああいう鳥も組み込まれているのかもしれない、きっとそうなんだろうと思い、こういうことは気がついたらすぐに話せる相手がいないとつまらないと思った。でもそれは進藤ではなかった。

つき合いはじめた最初から進藤は自分にとって、一人で感じたいろいろなことを話したくなる相手ではなかったんだと早夜香は思った。エコーズを辞めてしばらくしたらなんとなく宮里隆一と会う間隔があいてしまい、そのうち向こうから別れると言い出して、別れても悠子や繭や美帆たちと会っていれば淋しくはなかったのに、その頃進藤に誘われて、食事をしたり酒を飲んだりしていると進藤は色気があるから早夜香に抱き合ったりキスしたりすることを考えさせ、そして実際にそうなって、でも気持ちはそれほどではなかったのに、抱き合ったりキスしたりすることができなくなってしまう淋しさが怖くて一年もつき合ってしまった。それだけのことだったんだといま早夜香は感じていた。

宮里隆一とはすごく短いつき合いだったけれど、宮里隆一のことが好きで彼のことばかり考えてしまっていたとき、渡辺彩子にそのことを話すと（「宮里君」という名前は出さなかった）、彩子は「好きな人がいるっていいよね」と言った。

「いつも心の中でその人に話しかけててね。雨上がりの朝の景色が今朝は特別きれいだと思ったとか、このあいだから待ってた花が咲いたとかね。近所でカラスが犬の鳴き真似してたとかね。けっこうどうってことないし、一人でも感じられることなんだけど、やっぱり一人で感じてるのと全然違うのよね。心の中で話しかける人がいると、ずっと楽しくて、感情が鮮明になって、そういう風に感じてる自分のことも『いいな』って思えるのよね」

渡辺さんはあたしが感じていたことをあたしよりずっとうまく話してくれたと々のとき早夜香は思い、いまもそう思っていた。

早夜香は二十三で、彩子は三十七歳だった。そんなに年下の早夜香の前で彩子がテレたりツッパッたり変に大人ぶって自分はもう恋愛なんて年じゃないというような態度をとったりしないで、昔からの何でも相談してきた友達のように話してくれることに早夜香はびっくりした。

渡辺彩子は相手は誰とも訊かなかったし、すぐに声をかけないでじらした方が相手もその気になるとかそんなかけひきのことはもちろん全然言わなくて、だから彩子の話すのを聞いていると自分も素直になっていくように感じたのを早夜香は思い出した。きのうからこんなに何度も渡辺さんのことを思い出していることを、渡辺さんは絶対わからないんだなと早夜香は思ったけれど、それでさっきみたいに心細くなったり頼りない気持ちになったりするわけではなかった。

早夜香はうまく言葉にならないけれど、自分はいまこうして一人でいても完全に一人というわけではないと思った。実感としてイメージできるわけではないけれど、一卵性双生児が離れて暮らしているのにちょうど同じ時間におなかが痛くなるとか、二人でぴったり同じタイミングで電話をかけてしまうからいつも話し中になってしまうとか、そういうことを早夜香は信じている。でも一卵性双生児ということを強調すると、そういうことが一卵性双生児のような特別の人たちだけにしかないような感じがしてつまらないとも思う。

あたしがいま渡辺さんのことを思い出していることを渡辺さんは絶対わからないけれど、みんな誰だって自分のことがたまには誰かから思い出されていることがあると思って生きているはずで（そうじゃなかったら生きていられないと早夜香は思った）、渡辺さんがそう考えるときの一人にあたしが入っていれば、あたしがいま渡辺さんを思い出していることがいまピッタリこの時間の渡辺さんにはわからないけれど、あたしが渡辺さんを思い出していることが本当にまるっきり全然渡辺さんに伝わっていないということではないと早夜香は思った。

それはどういう風に言うのが一番いいのかわからないけれど、たとえばいまあたしが桜の花を散らすのが風や雨だけじゃなくて鳥も花を落としているんだと知って、これからは桜の花が地面に散っているのを見るとそういう鳥のことも考えるようになるというのとも近いんじゃないかと早夜香は思った。

野瀬俊夫の視界からいまはカラスはいなくなっていた。電線のカラスは人間がそうするのと同じように嘴《くちばし》を半開きにしてしばらく宙を見上げたあとに、バサバサと大げさな羽ばたきをして太い電線を大きく揺らして飛び立っていった。カラスがいなくなったいまもゴルフ練習場では老人がゆっくりではあっても淀みない動作でボールを打ちつづけていた。

カラスは電線に止まっていたあいだ、たまに羽を動かし、足の位置を少し変え、首を動かし、周囲を見、カラスとしての脳の活動を持続させ、最後に大きく羽ばたきし、電線を揺らして、いなくなった。カラスは電線からゴルフ練習場の老人を見ていたけれど、それはもう跡形もなかった。

カラスのやっていたこともそこにいたということもすべて物質とその運動に還元しうるものであるかぎり、熱となって〝エントロピーの増大〟という熱力学の第二法則とともに空気中に拡散してしまったということになるのだろうと俊夫は思った。

「エントロピーの増大って、どういうこと?」彩子が訊いてきた。

彩子がそう訊いてくるときはいつも俊夫がふつう考えている無機的な説明ではなくて、映像的あるいは詩的な、つまりはある種の感情を喚起するイメージで説明することを意味していた。エントロピーの増大というのは、乾いていない水彩画を水槽に浸すようなものだと俊夫は答えた。紙からにじみ水槽に溶け出た絵の具を紙に元どおりに戻すことはできない。エントロピーの増大というのはそういうことだと答えた。

俊夫はいま自分の考えていることを彩子に伝えるとしたらどう言うだろうかと思った。「見る」や「考える」ということは物質的に起こっていることとしてすべて物質的な用語で説明しうることで、物質的なことであるかぎり空気中に拡散してしまって、この世界に何も記録されない。もし熱となって拡散した「見る」や「考える」やすべての人間の動きがそれだけを特定して、散乱した米粒を拾い集めるように抽出することができたら、人は誰もいなくなった部屋に入って、かつての住人がしゃべったり笑ったりしている姿を再現することもできる――と言うだろうと思った。

あるいは、ニャン太やハナコが子猫だったときの姿も再現できて、ニャン太やハナコがいくつになっても、子猫のときのままにクルクルせわしなく動き回っている様子を見ることもできる――猫と無人の部屋、どっちを言うだろうか。きっと両方言うのだろうと俊夫は思った。

「じゃあ、全部の時間がいま・ここ、、、にあるわけね」（きっと彩子はそう言うだろう）

「そういうことだ」（そして俊夫はこう言うだろう）

「じゃあ、時間は全然流れないっていうことになるのね」

「〝流れない〟じゃなくて、〝過ぎ去らない〟っていうことだよ」

新しい時間はやってくるのだから〝流れない〟ということではない。ただ〝過去〟が過ぎ去るものではなくて、いつでも目の前に喚び戻すことができるということだ。

「じゃあ、追憶とかそういう気持ちはどうなるの？」

「過ぎ去らなかったら、人間にそんな気持ちはないさ。人間にかぎらずすべてこの宇宙に住んでいる生き物は、自分に与えられた絶対的な条件の中で、〝感情〟も〝知性〟も〝生きようという意志〟も作り出したんだから、条件が違ったら全然違ったことになっているさ」

彩子はここで、「ふうん」と言ってしばらく考えるだろう。そして、

「じゃあ、全然意味がないじゃない」

と言うだろう。

与えられる条件が違うことでいまの人間の考え方や感じ方が部分的に変わるというのならともかく、与えられる条件が違えば全面的に別物が出来上がるという考えは彩子にとってまったく無意味な考えだった。全面的に別なものは比べようがない。

俊夫のこういう考えは彩子にとっておそらく、誰もいない場所でカメラが何かを映しつづけ、一定の時間が経過すると誰にも見られないまま映した映像を再生しているようなものだった。あるいは無人の星に設置された機械が、永久に誰もそのデータも計算結果も見に来ないのに、機械が視界に捉えたものを、風の流れでも木の形でも山が作る日の影の変化でも自転周期や公転周期の偏差でも、なんでもかんでも計算し因果関係を考え将来を予測する、そういう作業をしつづけているようなものといった方がいいかもしれなかった。

ここに坐ってゴルフ練習場の老人がボールを打つのを見て、自分と老人のあいだにかかる電線に止まったカラスを見て、確かめようのない老人の経験したことを考えたり、カラスと自分の視覚で同じことが起こっていると考えたりすることは、彩子にとって無人の星でただひたすら観測や計算をつづける機械と同じことだろうと俊夫は思った。機械は意味なんかなくても作動しつづけることができるけれど、人間は意味がなければ生きていられない。意味がなくても作動できるものに意味を教えることは、おそらくできない。機械は人間よりもはるかに正確に記録して正確に記録を引き出すことができるけれど、その記録に人間の記憶のような特別な意味や価値を持たせることはきっとできない。

二十九歳で彩子とつき合いはじめたとき、十七歳だった頃の記憶を話し、二十二歳だった頃の記憶を話し、彩子の話すのを聞くと俊夫がそれを自分の記憶のように引き取って別の記憶を話し、それをまた彩子が自分のことのように引き取って別の記憶を話し、それぞれ固有の記憶なのに、お互いの記憶が共通の体験をした者同士の記憶のように響き合って、二人で際限もなく話し、それだけの量を記憶していることは当然としても、それだけの量を語りたいと思い実際にそうしていることに俊夫は驚いた。

それが〝愛〟という心の状態の力というもので、「愛するということはつねに別れることの怖れから自由になれない神経症的な状態」というようなことを好んで言う人が多いけれど、それよりもまず愛というのは愛する対象を見出したことからはじまる。そして頭をフル稼動させて対象を知りつくしたいと思い、同時に、彩子が言ったようにつねにその対象から自分が見られていると思える状態が愛で、二十九歳のあのとき、それまで忘れていたことまで思い出せたことも、それをいつまでも聞いてほしいと思ったことも、まさに愛の力だと感じたことを俊夫は思い出していた。

いまとなっては何をそんなに話すことができたのか具体的な中身はろくに思い出せないけれど、アドレナリンかドーパミンかエンドルフィンか、脳内物質の名前なんか知らないが、対象を見出すことがきっかけとなって、脳の中でそういう薬物がつねに出ていて脳が通常とかけ離れてテンションの高い活動をしている状態を愛というのだろうと俊夫は思い、そういう状態にあるときには俊夫が小学校四年のときに無理矢理剣道を習わせられたことと、オペラが世界で最も優れた芸術形式だと信じていた父親から彩子がはじめ声楽を習わせられて素質がないと思ったらつぎにバイオリンの稽古に通わせられたという固有の経験が、固有ゆえの口調や表情をともなうことで相手の記憶を喚起する力を持って、まるで自分たちの本質に関わることのように豊富な意味を帯びているように感じられるのだろうと俊夫は思った（そして実際、意味とはそういう風にしてしか人間にもたらされないのかもしれないと俊夫は思う）。

しかしいつの頃からか俊夫の言い方にこういう風に、人間をいったん物質に押し戻すような、あるいは人間をひどく限定するような表現が入り込むことが多くなり、俊夫のこういう言い方を聞くと、彩子は「愛とはたんに愛をつくる脳内物質が放出されている状態にすぎない」という貧弱な意味に解釈するように変わっていった（二年前からはっきりそうなった）。

「そういうことを言いたいんじゃない」と俊夫は言った。「愛を作る脳内物質を放出できるのは愛する相手がいるからなんだ」と俊夫が言っても、以前のように俊夫に対して心と頭をフル稼動させていない彩子は俊夫の伝えたいことのすべてを聞いて理解しようとはしていなかったし、俊夫も彩子にすべてを理解されたいという熱意はなくなっていた。それはいまこうして〝愛〟について考えて言葉を費やしても、彩子がよく言っていたような愛によって心が高揚しているときの世界の輪郭や色彩の鮮やかさが得られないのと同じことだったのだろうと思った。

　大泉学園の家ではサッシ越しに原田啓司に見られながら、ゆかりが残りあと三鉢になったバーベナを植えていた。

真知と一緒にロンドンに行ったとき、真知はここがダロウェイ夫人が花を買ったところで、ここからダロウェイ夫人がビッグベンの鳴るのを聞いたのだから鐘の音はこれくらいの大きさに聞こえて、リージェント公園のこのベンチでセプティマスが奥さんの誰とかと坐っていて、この百貨店の前で娘のエリザベスが知識と肉体のことかなんかを考えていて……と、真知は『ダロウェイ夫人』に書いてあるとおりに歩いて、それだけですごく興奮していた、というか目を輝かせていた。行った時期も『ダロウェイ夫人』と同じ六月中旬で、六月のロンドンは本当に嫌になるくらい日が暮れなかったが、二日間真知が『ダロウェイ夫人』に書かれているところすべてを歩くのにつき合いながら、ゆかりは仏教学の先生がインドで山に日が沈んでいくのを見ていたときに突然、それまで頭の中で別々のところに仕舞われていた仏典の言葉が結びついて、意味が明瞭になったと言っていたことも思い出し、自分には真知とかあの先生のように風景が違って見えるような（それとも、風景で理解がガラッと変わるような）専門知識がないと思ってとても残念になった。

あのものすごく警戒心の強い黒のトラ縞の猫にもそういうことが当てはまるのだろうかとゆかりは思った。黒トラの猫のことをいろいろに考えて、猫の習性について書いてある本を読んで知識をたくさん蓄えていると、あるときあの猫がしょっちゅう身を潜めている場所のそばを通りかかったら、その瞬間に「こういうところなんだ」とわかるとか、そういうことがあるんだろうかとそんなことを考えているあいだ、啓司はゆかりがバーベナを植えるのを見ていて、啓司に見られていることに気づくとゆかりは顔を上げて、

「もうすぐ終わるから」

と言った。

「確かにだいぶ庭らしくなったじゃないか」

啓司がサッシを開けてそう言うと、ゆかりは「お世辞言ってる」と笑い、それを聞いて啓司は会社の今井が昼飯を食べながら、

「玄関の花瓶の花が替わったとか、テーブル・クロスが新しいのになったとか、帰ってすぐに気がつかなかったら、その夜はもう一言も口をきいてもらえませんからね。もう家《うち》出るときと帰ったときは、家にあるもの全部、指差し確認ですよ」

と言っていたのを思い出した。

今井は啓司より三歳年下だが奥さんの年齢はゆかりと同じはずで、結婚もたしか半

年遅いだけだった。ゆかりは啓司にほめられるとか評価されるとか、そういうことと関係なく自分の趣味で家の中を替えていくけれど、それがむしろ啓司に不可解なところで、今井の奥さんのように花を替えたらそれに気がついてほしい、テーブル・クロスを替えたらそれに気がついてほしいと思ってくれる方がずっとわかりやすいと思った。

真知や美奈恵は個性も強いし、ばりばり働いてもいるのに、ゆかりは「あたしにはそんな能力ない」と言うだけで、実際一度も正社員として就職もしないで啓司の会社に来たのも長期アルバイト契約だったし、結婚を申し込んだら拍子抜けするほどあっさり承諾した。経理事務をしていたあいだも黙って何も主張しないで働いていたけれど、小宮理紗より間違いなく優秀だし潜在的な能力ということではたぶん深見鏡子よりある（ゆかりは仕事が終わると元気に飲み歩いていたみたいだったし普段も暗い感じは少しもなかったけれど、仕事中は何ヵ月たっても緊張した顔を崩さなかった）。主張はいっさいしないまま結婚で辞めて、いまもよその経理事務のアルバイトに週に三日行っているだけで、あとはこんなことばかりしている。自分の能力を過小評価しているというだけでは説明がつかないと、庭仕事のつづきをしているゆかりをみなが

ら啓司が考えていると、ゆかりは顔を上げて、

「お昼、おそばでいい？」

と言った。

啓司は「いいよ」と言ってサッシを閉めてリビングに戻りかけたが、もう一度和室のサッシを開けて、

「石神井公園でフリーマーケットやってるんだって」

と言った。

「フリーマーケット？　あたし行ったことない」

啓司が「昼飯食べたら行かないか」と言うと、ゆかりは「うん」と頷いた。


堀井早夜香は遊歩道の脇の手摺に浅く腰掛けて桜の木の枝から枝にスズメより一回り大きな鳥がピョンピョンと跳ねるように飛びながら桜の花を花弁ごと落とすのを眺めていた。さっき通りすぎてきたところのグループのカラオケから女の子が二人でドリカムを歌っているのが聞こえてきて、「下手くそ」と思った。

桜の花を落としている鳥を見ながら何か考えているなんて、自分みたいじゃないと思った。こうやって桜の花を見ているのは好きだし、人から花をもらえばうれしいけれど、鳥が何をしているかまで見ているなんて、地味で貧乏くさいと思った。渡辺さんがそういうことを言うのはさまになっているけれど、あたしにはさまにならない。それともさっきからずっと渡辺さんのこと考えたり、渡辺さんだったら何て言うだろうと考えたりしていたから、渡辺さんの考え方がうつったのだろうかと早夜香は思った。

人間が百人いれば百通りの考え方があるなんて言うけれど、きっと本当はそんなことはなくて、人間が百人いたって二十通りか三十通りぐらいの考え方しかないと早夜香は思う。百人いたら百通りあるなんて言ってたら、世界中に何十億人いるから何十億通りの考え方がなければならなくなってしまうけれど、そんなことあるはずない。だからきっと渡辺さんだって渡辺さんがよくイメージする誰かがいて、その人のことをしょっちゅう考えているうちにその人に似てきたんだと思った。

渡辺さんは「お化粧はテクニックだって割りきるのよ」と言ったたし、記憶力もテクニックだった。渡辺さんにはアイラインのひき方とかマニキュアの塗り方だとかを教わった人がいて、記憶の仕方だとか考え方だとかも教わった人がやっぱりいたんだろうと早夜香は思った。それはもしかしたら全部一人の同じ人かもしれない。だってバカだと思っている人から化粧のテクニックなんか教わらない。バカだと思っている人が化粧の仕方だけうまかったとしても、「化粧の仕方だけうまくなってもしょうがない」と思うに決まっている。渡辺さんが十九歳だったときに中身とか考え方とかそれから外見とかを全部「いいな」と感じている人がいて、その人から化粧のことも教わったんだと早夜香は思った。

でも渡辺さんはその人と長くつき合うことができて親しくしていろいろなことを教えてもらうことができたかもしれないけれど、あたしは渡辺さんのことを知っていることが少なすぎて渡辺さんから何も教えてもらうことができない。

「チッ」

早夜香は舌打ちした。「チッ」という音で早夜香は自分が舌打ちしたことに気がついた。歯を抜いた穴を舌がさぐっていなかったことにも気がついたけれど、知らずに舌打ちするくらいがいつもの自分だと思った。

いま早夜香は桜の木のあいだでピョンピョン飛び回っている鳥は見ずに、向こうから歩いてくる恋人なのかそうじゃないのかよくわからない二人を見たり、男四人女二人の六人組がこれからどこに場所を決めようかとうろうろしているところを見たり、年を取りすぎて子どもみたいに小さくなってしまったおじいさんを車椅子に乗せて花見に連れてきているおばさん二人を見たりしながら、耳はさっきドリームズ・カム・トゥルーを歌っていたカラオケがつぎに奥田民生を歌っているのを聞いていて、さっきのドリカムよりはずっとましだけれどそれでもやっぱり下手くそで、みんなが集まってくるこんなところでみんなに聞こえるような音で、うまくもない歌ばっかり歌っているそこのグループに対する軽蔑心が強く起こっていて、こういう風にまわりを見たり聞いたりしてこういう風に感じているのはいつもの自分だと思った。

悠子がよく言うように、早夜香は喫茶店にいても両隣りの人が話していることが聞こえているし、BGMがいまは何がかかっていてさっきは何がかかっていたかも聞こえている(悠子も繭も美帆もそんなに聞こえないと言う)。そういうことは訓練してできることじゃなくて(スパイだったら訓練するかもしれないけれど)生まれつきのものだと早夜香は思っているけれど、さっきまでの自分は「下手くそ」とか「バカ」とか思わなかったし、まわりの音もいつもみたいに聞こえていなかったと思った。

「自分一人」と感じて淋しかったり不安だったりみすぼらしく感じたりしていた理由は、いつもみたいにまわりの音や声がよく聞こえていなかったからじゃないかとも思ったけれど、歯を抜いたというはっきりした原因があったのだからやっぱりそういうことではないと思った。だいたい歯がこうなった元々の原因が、高校のときにかかったヘボ歯医者の治療の失敗だという話を思い出して早夜香は腹が立った。それを渡辺彩子に話したかったし、彩子が歯を抜いた原因が何だったのかも訊いてみたかった。

　野瀬俊夫の視野にもうカラスは戻ってこなかった。ゴルフ練習場の老人は打ちっぱなしをつづけていたけれど、一番手前の打席に太った五十ぐらいの男が入ってきたために老人を見る俊夫の視線はずいぶん遮られた。老人も手前に入ってきた男も等しく自分と関係のない存在のはずなのに、俊夫はいまは老人に親しみを感じ手前の男を邪魔と感じていた。

「見る」も「考える」も物質的に起こっていることだけれど、そのときに使われるエネルギーは、たとえばエンジンをかけっぱなしにして停まっている車が出す不快な低い振動音のようなものと比べて物理的に小さすぎて、まわりにほとんど何も影響を及ぼすことがない。「見る」「考える」というのは行為の主体の側では間違いなく起こっているし、対象がなければ成立しない行為だけれど、エネルギーは対象にまでは届かない。だから「見る—見られる」「考える—考えられる」の関係は、対象が意識していないかぎり一方的なものでしかないということなのだろうと俊夫は思った。

そして行為それ自体は熱力学の第二法則によってすぐに空気中に拡散して跡形もなくなってしまう。彩子だったら「そこまで考えて、どうして無意味だったと思わないの」と言うだろう。あるいは「そんなこと、くだくだ理屈つけなくたってわかりきってることじゃないの」と言うだろう。

二十九歳で彩子とつき合いはじめたときには、本来個人の記憶の奥に仕舞われてそれで終わるはずの固有の経験が共通の経験のように響き合ったことを俊夫も忘れてはいないが、いまはそういったことが十年という時間の経過とともに色褪せていったことの方にむしろ自然さを感じていた。

無人の星でただひたすら観測し記録しつづけ計算しつづける機械として、あるいは熱力学の第二法則にしたがう物質の運動として自分を考えてみることが、俊夫は不快ではなかった。あのときの鮮明さや濃密さを作り出した〝愛〟という高揚した感情もまた、脳の電気的反応と化学的反応の総体であってみれば、それらもまた熱力学の第二法則によって空気中に拡散したということなのだと俊夫は思った。

彩子と自分に必要とされていた作業はそれらを拾い集めるという熱力学的に不可能なことではなくて、高揚感によらない〝その後〟のいわば淡々とした関係を作ることだったのだろうが、彩子はそういう関係になることを拒んだ。自分のような感じ方の人間にそれが苦痛でないわけがないと俊夫は思った（「あなたはそういう言い訳しかしない」と彩子は言うだろう）。

この世界では物質の軌道は空気中に拡散する。軌道はただ人間の側に記憶という形で残るだけなのだろう。しかし記憶はおそらくコンクリートに残された凹んだ足跡のように脳の仕組みに痕跡として刻み込まれているもので、いまこうしてあの頃のことを思い出しても高揚感までは喚び起こさない。うまいこと時や場所を得ればあのときのような濃密さや鮮明さを獲得するけれど、何しろそれぞれの固有の記憶が共通の経験のように響き合ってしまうくらいに過剰な状態なのだからそれはやはり錯覚に近いものでしかなく（しかし人はそれがあるから意味や価値を信じられるのだろうが）、通常はやはりリアリティを失った痕跡でしかない。

この世界で軌道が記録されることがなくて拡散して再現できないのだとしたら、軌道はやっぱり世界が要請するものではないということだったのだろう。少なくともいまの自分はそういう考えを選んだ、あるいはそれをリアルと感じている、と野瀬俊夫は思った。そして軌道がそのまま（あるいは、過剰に）再現されるかのような濃密さや鮮明さを持った記憶は世界の要請しているものと比べて不釣合なのだろうと思った。

軌道が記録されないのだから人は外観から、それが経てきただろういくつかの軌道の可能性を想定することしかできない。「見る」とはそのような軌道の可能性を外観から想定することで、「見られる」とはその可能性の想定を受け入れることなのだろうと俊夫は思った。そのように外観からいくつもの可能性を想定する作業なら、機械にもできるだろうと俊夫は思った。意味を必要とせずに作動することのできる機械に意味を教えることは難しいが、人間が意味を見出す解釈の可能性を並べていくことは機械にできる。むしろ機械の方が人間よりもうまくやるだろう。

野瀬俊夫は「ゴルフ練習場の痩せた老人」と「電線でそれを見るカラス」と「老人とカラスを見ている自分」という三者が同じ一つのフレームにおさまっているビデオ

の映像と、それを解釈しようとする機械を考えた。

再生されるビデオの中で、自分自身もカラスも老人も等しく見られる存在となる。「老人とカラスを見ている自分」という存在にそれぞれの経てきた時間を付け加えようとする機械が、老人について俊夫がいろいろと考えたように、俊夫について骨格やコーヒーカップの持ち方や窓から外を見ている表情からいくつもの解釈の可能性を並べていく。そしていま自分が考えていることも見る機械が想定するいくつもの解釈の可能性の一つになる。すべて存在するものはいくつもある可能性のたった一つの遂行であって、生きている本人は遂行がたった一つであることをほとんど無条件に強調するけれど、機械にしてみればたった一つもまたいくつもの可能性の一つになる。

しかし意味を必要とする人間は、再生されるビデオを見ながら、いくつもの可能性の中から自分の気持ちに最もそぐう解釈を選ぶ。意識せずにそういう作業をする。いくつもある可能性が序列なしに並べられているかぎりそれはリアリティを欠いたものでしかない。見る側の勝手な誤解であっても、ほかの可能性を排除してそれがたった一つの現実と了解されるとき人はリアリティを見出し感動するということなのだろうが、「見る者」でなく「見られる者」として、想定されたいくつもの可能性のうちの一つになることを引き受けることの方が、この世界の要請していることにちかいと、いま野瀬俊夫は感じていた。

原田啓司はソファに戻って新聞の都内版を広げ、左隅に小さく載っているフリーマーケットの情報を確かめた。都内版はいつも読まないし、今日も社会面からスポーツ面に向かってざらりざらりとめくっていった憶えしかないのに、そういうことをしていても案外人間の目というのはチェックしているものなんだと啓司は感心し、さっき花屋が来たときのやりとりがまだ少し気になっていたのがこれで完全に晴れたと思った。

そして啓司は顔を上げ、壁板のこのあいだゆかりが「やっぱり目立つね」と言って指先で軽く撫でたところを見た。ゆかりに言われるまで啓司はまったく気づかなかったが、確かに壁板のサッシから七、八十センチ離れたところに陽差しで色落ちしているところとそうでないところの境いがついていて、本棚とかサイドボードがそこに立っていたことを想像させた。

柱や階段や敷居のキズは「前の人」の痕跡と思って嫌な感じがするのだが、この色落ちはそうではなくて、いまここに住んでいる自分たちに想像される「前の人」の不快を啓司に考えさせる。かといって、それで自分たちが前の部屋に残してきた形跡が（具体的に何か心あたるわけではないが）、いまそこに住んでいる人に自分たちの生活を想像させるということまで考えるわけではなかった。しかし前のマンションにいま住んでいる人と何かの拍子で知り合うようなことがあっても、親しくなりたいとは思わないだろうと思う。こういう想像は自分でも狭量さとかかたくなさを感じないわけではない。だからゆかりに話したこともない。この気分がどこから来ているのか啓司はわからなかった。

ゆかりは最後に残ったシソをそれまで植えていた花と離して、テラスに近いところに植えていた。

あの黒トラの猫が本当は自分が想像しているような、警戒心が強くて人の足音や裏道を走るバイクの音にも怯えるような猫ではなかったとしても、そういう猫は現実にどこかにいるはずで、そういう猫のイメージが自分の中に住みはじめたのは間違いないとゆかりは思った。しかしそれは想像の中のことだ。

自分の想像の中で猫がどんなに淋しかったり苦しかったとしてもそれはあくまでも想像の中の出来事なんだから、そんなことを考えてしまうあいだだけ自分が少し辛い気持ちになればそれで終わる。そんなことはたいしたことではないと思うけれど、現実というのはいつも人間が想像するのよりひどいことを用意している。悲惨なことでも幸福なことでも、もし自分の想像が現実に起こることを上回っていると思えるのなら、想像することはそれほど苦痛ではないとゆかりは思った。

シソを植え終わり、ゆかりはずっと曲げていた腰に手を当ててゆっくり伸ばしながら立ち上がって、自分がいまこうして花を植えて、「前の人」がよく手入れしていた庭を見た。狭い庭だけれど、きちんと花を育てればそれなりにきれいな庭になると思った。「前の人」は何かの事情があって自分たちの住んでいた形を残したくないと思って、それまで手入れしていた花や草をすべて抜いていってしまったのではないのだろうかと、ゆかりは庭を見ているうちに考えた。地面から出ている花や草は全部抜いたのにチューリップの球根だけは忘れた。チューリップの球根を植えたのだから「前の人」は今年の春もここに住むと考えていた。でも急にそうではなくなった……。ありきたりな想像だとゆかりは思った。

『残　響』一九九七年六月、文藝春秋刊
（初出「コーリング」『群像』一九九四年十二月号、
「残　響」『文學界』一九九六年十一月号）
＊「コーリング」作中引用の小説は「ルビーナ」
（ファン・ルルフォ著、杉山晃訳『燃える平原』
書肆風の薔薇刊所収）

JASRAC　出0113367-101

解説　殺人の起こらない「探偵小説」

石川忠司

1

本書『残響』の中で、登場人物たちはしきりに時間的・空間的に隔てられた者どうしの交歓もしくはコミュニケーションの可能性について考える。大泉学園の借家に夫の啓司と一緒に引っ越してきたゆかりは、そこに住んでいた「前の人」はどんな人で今はどうしているのだろうと何かにつけ思いをめぐらしてやまない。また、その当の「前の人」である野瀬俊夫は妻の彩子と別れたばっかりで、ひとり喫茶店で外の風景を眺めながら、人間が見たり考えたことが熱となって空気中に拡散しないでこの世に記録されることはあるのかとか考えているのだが、この問いの真意は保坂和志自身が別の場所でより明確なかたちで言い直していて、それは次の通り。「ある場所である人がかつていろいろなことを感じたり考えたりしたことを、神秘主義やロマンチックな空想でなく、物質的に確かめることは可能なのだろうか。」（チェーホフの問い、十

代のせつなさ）

そして堀井早夜香は、自分がかつての会社の同僚だった渡辺彩子を思い出しているとき、果たしてこの思いは彼女に伝わるのかと考える。――以上の問いかけは、しかし例えばゆかりだったら、不動産屋から「前の人」の新たな引っ越し先と電話番号をききだし、実際に連絡をとってみたとしても決してその「答え」が得られるものではないだろう。根本的な疑念、というかゆかりに「前の人」を考えさせた気分のような何かはとても解消されやしないのだ。俊夫や早夜香の場合についてもまた同様である。つまり、『残響』がテーマとしてあつかうのは、たんに空間的・時間的に遠く離れているだけではない（それならば「答え」など簡単に出せるだろう）、人間のあいだに横たわる恐らくもっと本質的で深刻な「隔絶」を前提とした問いのたぐいにほかならない。

それはとてもさびしい問いかけだ。もちろん、このさびしさは楽しかったり悲しかったりする感情のレベルとは無縁の、深刻に「隔絶」された人間の裏側にいわば宿命じみてべっとり貼りついた「さびしさ」だが、ところでぼくたちは保坂和志の『残響』以前にも、確かにこうした「さびしさ」をともなった問いを発した小説ジャンルを知っている。ここで言いたいのは特にエドガー・アラン・ポーやコナン・ドイルが創出した初期の推理小説／探偵小説のことだ。これらの作品においては、まず殺人が起こり、次に探偵がやって来て現場を検証し、犯人の痕跡＝個性の軌跡を追い求め、そうしてから彼はこんなふうに問いかける。「ここで一体何が起ったのか。」「犯人と被害者が考え感じ行った行動をできれば物質的に今あらためて確かめることは可能なのか。」「犯人は今頃どこで何をやっているのだろうか。」「こうやって探索している私の思いを当の犯人は感じとっているのか。」

初期の推理小説は奇想天外なトリックそのものや犯罪のショッキングさ、スケールの大きさよりも、明らかに犯人の個性が刻み付けられた痕跡を追究し嗅ぎまわる作業の方に重きが置かれている。テーマはまず第一に、探偵から遠く離れた場所と時間に存在したはずの個性のゆくえなのだ。イタリアの文学研究者フランコ・モレッティによれば、探偵小説は秘められて「ユニークであり、謎である（略）個人の振舞いなら何でも扱う。たとえそこに犯罪のにおいがまったくしなくてもいいのである。」（『ドラキュラ・ホームズ・ジョイス——文学と社会』）逆説的な話だが、推理小説／殺人小説にとっては、実は犯罪や殺人が邪魔ですらあることについて、かのシャーロック・ホームズ自身が『赤髪連盟』の中でこんなふうに言っている。「きみもきいたおぼえがあるだろうが、僕の説にすれば、もっともふしぎな、もっとも異常な事件というものは、重大犯罪よりもかえって小さな犯罪のほうに関連している時が多く、しばしば犯罪といい得るほどのものが行われたかどうかわからないようなところに、結びついているのだ。」（傍点引用者）

年代的に見て、初期の探偵小説が誕生した時代は、宗教的情熱が大幅に退潮し、資本主義が上り坂にあり、個性的なものが大量生産に呑み込まれようとしていた時代にあたっている。世俗的で平板な大衆の時代の始まりの時期。それぞれの人間のあいだのつながりを保証してくれていた神が退場し、誰もかれもがそれぞれの平凡さを引き受けながら、たったひとりで世界に置き去りにされ孤独に苛まれてやまない。ナショナリズムの熱狂が彼らのこの空しさや根本的な隔絶感を癒す役割を負うことになるのだが、探偵小説／推理小説はそれとは別のかたち、「犯人の探索」というかたちでいかに人間どうしのつながりや交歓を回復させればいいかについて考えていたわけだ。

その同じ時期、初期の写真もまた、似たような問題にとりくんでいた。ベンヤミンは描写の正確さという技術面における写真の肖像画に対する優位を認めたあと、続けてこんなふうに言っている。「ところが写真の場合には、ある新しい、そして奇妙な事柄が生じてくる。人の心をそそる素朴な恥じらいを見せて目を伏せている、あのニューヘヴンの魚売りの女のうちには、写真家ヒルの芸の証明ということで片づけられないほかのなにかがある。どうしても沈黙させることのできないなにかがあって、それはあそこで生きていた女、ここでもまだ現実の存在であり、決して完全に〈芸術〉の領域に入ってしまおうとしないあの女の名前を、あくまで要求してやまない。」
（「写真小史」）

ベンヤミンは初期の写真に、写真家の技術を超えた、無名の誰か（ここではニューヘヴンの魚売りの女）が確かに世界に存在していたという証しを認めている。まるで大量生産と規格化と大衆化の難を避け、人間の「個性」＝存在の厚みがこぞって初期の写真の中へと逃げ込んで来たようなのだ。時代が下るにつれ、誰もが皆んな写真に慣れていき、カメラに向かって積極的にアピールすることなどを覚えると、被写体は露骨に「〈芸術〉の領域に入って」急速にこの慎ましやかな「厚み」が失われてしまうのだが、いまだ内部にそれ（「どうしても沈黙させることのできないなにか」）がとどまっていた頃の写真を前にすれば、「かつてこうやって生きていた彼／彼女と物質的に交歓しあえる可能性はあるのか」という保坂的な問いを発するまでは、実にもうあと一歩にすぎない。

保坂和志はその迂回しながらテレッテレッと続いていく文体のせいで小島信夫・田中小実昌のラインで語られる機会が多い。あとたまに深沢七郎とかベケットとか。しかし初期の探偵小説／推理小説からまるごと犯罪と殺人をとりのぞき、神が立ち去ったがため絶対的に「隔絶」されてしまった、そんな人間どうしの「交歓」にかんする問いを純化した功績において、保坂は確かにポーやコナン・ドイル、そしてベンヤミン直系の小説家である。近現代ならではの「さびしい」問い、ぼくたちにとってもっとも切実な問いを追究している書き手なのだが、では保坂は『残響』ではこの問いかけに対し一体いかなるタイプの結論を与えたのか。恐らく二通りの結論が考えられるだろう。

2

野瀬俊夫は、世界に起る現象を〝霊的〟にではなく、あくまでも物質に還元して説明するのを好む。保坂和志自身、本書の単行本時のあとがきで「ぼくは要素への還元がまったく無意味だとも思っていなくて、野瀬俊夫のように魅力を感じてもいる。もしかしたら、ここから何らかの答えが出てくるかもしれないとも思っている。」と言っていて、すると『残響』の登場人物のうちで比較的保坂本人に近いのが俊夫のスタンスだとすれば、その対極に位置するのが美奈恵のオカルト的なスタンスだろう。彼女はとにかく〝霊的〟なフィルターを通して世の中を見るのが大好きな人間であって、「竜神様だとかなんだとかわけのわからない民間信仰も信じている。」

　概してオカルト的な思考がつまらないのは、その素朴さや単純さや短絡的なアイディアがまずいのではない。美奈恵の「マンションの部屋って、たいてい〝気〟が淀むものだけど、ここはそうじゃないのね」みたいな発言からも容易にうかがえるように、オカルト信奉者は皆んなが集う場所での主導権を握ろうとチンケな権力意志をむきだしにしているからこそまずいのだ。ぼく個人はオカルトや似非《エセ》科学や民間療法が死ぬほど好きで、その手のテレビ番組は欠かさず見るが、霊媒師とか霊能力者とかグルとか「事情通」が出て来て偉そうな顔をし始めると俄然いやになる。

　オカルト的な思考は自らの権力意志を満たすことに夢中になって、世界の偉大な構造、世界そのものの理解へとつながるかも知れないさまざまな可能性をすべて握り潰しているのではないか。例えば宇宙とか世界とかの仕組みについて「心のすごく深いところでは自分一人ではなくてみんなとつながっていて、人間だけでなくて動物とも自然とも交流している」と有難そうに説明するとき、オカルト信奉者が密かに自分をその「すべて一体となった世界」の潜在的支配者に見立てているのは明白だ。

反対に、思考にいかなる聖域も設けず、なるたけ「主観」を排し世界の構造の理解へとつながる可能性を発展させる傾向こそ唯物論＝科学なのだが、野瀬俊夫のスタンスはしかし実はこれとも微妙に違っている。彼は、「『見る』や『考える』ということは物理的に起こっていることとしてすべて物質的な用語で説明しうることで、物質的なことであるかぎり空気中に拡散してしまって、この世界に何も記録されない」と考える。ところが弾道学のエキスパートでアメリカ陸軍に所属しミサイルの開発にたずさわった科学者トーマス・ベアデンによれば、それら「見る」や「考える」は確かに世界に記録されうるのだ。エジソンのライバルと呼ばれたニコラ・テスラ（エジソンの直流に対し、テスラは交流を開発した業績で有名）が発見し、のちにベアデンが理論化したスカラー波は、一般の電磁波が横波なのに対し縦波であり、人間の感情の動きにともなって周囲の場所へと物質的に刷り込まれる。そしてこのスカラー波に敏感に反応する脳の造りの持ち主が当の場所に触れるなら、彼の「眼前」にはかつてそこで生活していた人々の姿がさまざまに立ち現れるだろう。「人は誰もいなくなった部屋に入って、かつての住人がしゃべったり笑ったりしている姿を再現することもできる。」

野瀬俊夫は、いまだ疑惑の多いベアデンのアイディアがまさにグレー・ゾーンにとどまったまま正誤が不明な限り、心情的にこの科学的仮説に魅かれ続けるかも知れないが、しかし実際に正しさが明白なかたちで証明されたとしたら、そのあかつきにはやはりこうした認識の圏内からひっそり身を引いていく感じがしてならない。なぜならベアデンの仮説が隔絶された人間どうしの「コミュニケーション／交歓」の問題にかんする究極の答え、しかもいったんそれが与えられてしまえば、保坂の言葉を借りると「いまの人間の考え方や感じ方」や問いの立て方「が部分的に変わる」のではなく、その「全面的」な変更を迫られる類の決定的な答えなのに対し、俊夫の問いかけは、結局のところ問いであること自体で完成してしまっているような「問い」にほかならないからだ。この「問い」は究極の答えの寸前までくると、身を翻してふたたびもう一度「問い」の領域へと戻ってしまう。

「ある場所である人がかつていろいろなことを感じたり考えたりしたことを、神秘主義やロマンチックな空想でなく、物質的に確かめることは可能なのだろうか。」——こうした問題の立て方は、何か欠損があってそこを埋める失われたピース＝答えを求めるべく発せられたいわゆる問いでは決してない。そうではなく、これは近代以降の人間が世界に対するときに強いられる基本的な関係の表現なのだと思う。もしくはそんなふうにしてしか世界と接せざるをえない根源的な態度といってもいい。ぼくたちはひとりひとり保坂和志が定式化した「問いかけ」を抱えながらこの世界をさまざまに右往左往して行くのだろう。その手の見苦しいローリングぶりにこそ大切な何かが潜んでいるものなのだが、ところで「問いかけ」を持ちつつもそこから答えにまで踏み出さず、あえて「問いかけ」の地平に踏みとどまり続けるとは、要するにそんな「問いかけ」を産み出した世界、いろいろと不完全ではあるこの世界とともにやっていくヘヴィさ＝お気軽さの方を「選ぶ」こと、とどのつまりこの世界を「肯定」することにほかならないのではないか。

世界の「肯定」。これが『残響』があのさびしい問いに対して出したまずひとつめの結論だ。

3

堀井早夜香は、自分が渡辺彩子を思い出しているときこの思いは彼女に伝わっているのか自問し、結局次のように考える。「あたしがいま渡辺さんのことを思い出していることを渡辺さんは絶対わからないけれど、みんな誰だって自分のことがたまには誰かから思い出されていることがあると思って生きているはずで（略）、渡辺さんがそう考えるときの一人にあたしが入っていれば、あたしがいま渡辺さんを思い出しているこ とがいまピッタリこの時間の渡辺さんにはわからないけれど、あたしが渡辺さんを思い出していることが本当にまるっきり全然渡辺さんに伝わっていないということではない。」

早夜香は隔絶された人間どうしの「交歓／コミュニケーション」の可能性にはっきり肯定的なわけだが、実は彼女のこの肯定の論理は、あからさまに口に出されていないにしろ確かに存在感を放つあるひとつの「言葉」によって支えられている。すなわち、「神」の一言だ。早夜香が彩子を思っていることは彩子には「絶対わからない」し、反対に彩子が早夜香を思ってもやはりそれは早夜香には「絶対わからない」。こうした思いの一方通行を相互通行、つまり「コミュニケーション」へ転換するためには、まさに二人の思いがすれちがっているさまを傍から見ている第三者、「ああ。この二人はちゃんとお互いを思い合っているのに残念ながらそのことに気づいていないんだ。世の中はなかなかうまくいかないねえ」とかつぶやいている第三者が必要なのではないか。そんな「彼（彼女）」の存在が仲介してこそ、隔絶された者が相手を思う一方通行が、はじめて公共性を帯びた「コミュニケーション」となる。

もちろん保坂和志は、近代の開始とともにどこかへ消えた宗教的な神を安易に回復させようとしているのでは決してない。今要求されているのはもっと世俗的な「神」なのだが、『想像の共同体』を書いたベネディクト・アンダーソンの場合だったら当の「神」を「国民国家＝ネーション・ステイト」と呼ぶだろう。同じ建国神話と同じ言葉を持った同じ民族どうしのつながり、ナショナリズムの熱狂が近現代の隔絶感・孤独感を癒すというわけだ。一方、保坂の「神」はもっとファンキーで、もっとブルージーかつハーモロディック（オーネット・コールマン）、つまり結局それは「音楽」なのであって、彼は国民国家的な共同体など他の高圧的な「神々」に対し、この「音楽の神」でもって対抗する。

例えば登場人物のゆかりを考えてみよう。『残響』の中でぼくの一番好きなキャラなのだが、一体その魅力はどこからくるものなのか。彼女は聡明でひかえめ、独特の安定感を持ち、生活の中に豊かに自足していていつも何か楽しげだ。「週四日勤務の長期アルバイト契約で経理事務に入ってきたゆかりが事務用品のメーカー名がおかしいと言ってケラケラ笑ったのを啓司は思い出した。あのとき啓司は単純におもしろい子だとか明るい子だとか思って食事に誘ったりして、話していても他の女の子たちのような自意識が感じられなかったのだが、いまはそういうことではなかったのではないかと思うことがある。」

たんに「おもしろい」とか「明るい」とか「自意識が感じられない」とか「そういうこと」にとどまらない。——つまり、ゆかりとはいまだ資本主義に開発されていない人間なのだ。近代以降の資本主義はさまざまな資源を開発して商品へと変え、その貪欲な開発の欲望の対象は人間にまでおよぶ。ぼくたちは、例えば美人に生れついたらタレントに、ちょっと運動神経がよければすぐスポーツ選手になろうとか考える。なぜなら、もったいないからだ。あらゆる資源は有効利用せねばもったいない。資本主義社会の人間は、自らの資源を常に他人にアピールするよう育てられ、誰もが「〈芸術〉の領域に入って」自意識過剰になり、そのかわり手つかずの人間的な自然を失っていくのだろう。

実際、資本主義が搾取するのは労働力とならんで、ベンヤミンのいう「（人間のうちの）どうしても沈黙させることのできないなにか」、すなわち才能やらダメさやら何やらがごっちゃになってひとつの総体を成す人間的な自然にほかならない。恐らくゆかりの持つ豊かな魅力は、彼女がどんなアピールも知らず、自然に「ただ存在しているということ／ただそこにいるということ」に由来するのだと思うが、しかしゆかりに限ったわけでなく、保坂和志の作品に出てくる人物たちは誰もが多かれ少なかれ資本主義的な「開発」以前のところで生きている。彼らは内面的な悩みをひけらかさず、自分らしさを追求したりせず、人間関係のドラマチックな葛藤に酔いしれたりもせず、要するに自らを安易に〈芸術〉化したりしないで、小説の「登場人物」というより、民俗学者の宮本常一が自分の足で取材した無名の人々、あの昔ながらのバケツの底がぬけたような明るい伝統の中でしみじみと暮らす「忘れられた日本人」に近いのだ。

保坂和志の描くゆかりや早夜香や土井浩二やヒゲパンたち、彼ら「無名の人々」の存在の典雅さは「音楽」的というのがもっとも正確だろう。もちろんこれはメタファーなんかでは断じてない。強迫的な意味づけや自己アピールの類とは無縁で、それ自体で豊かに自足したただ世界に息づいている無償の「存在」こそがむしろ本来の「音楽」なのであって、バッハやマーラーやマーヴィン・ゲイやマイルス・ディビスやジョージ・クリントンなどのいわゆる音楽は、この「音楽」から派生してくる二次的な形態のものといっていい。保坂の小説世界では、例えば早夜香が彩子のことを思う「メロディ」を響かせ、彩子もまた早夜香を思う「メロディ」を響かせ、そしてそれらを聴きとってくれる「音楽の神」がどこかにひそんでいる。この「音楽の神」がいればこそ、複数の「メロディ」がひとつの「ハーモニー」を成すのであり、こうして隔絶された人間どうしの「コミュニケーション」が奏でられるに至る。「音楽の神」によるハーモニーとしての共同体。これが二つめの結論だ。——世界の肯定という険しくも倫理的な結論とメロディアスで楽観的な結論。倫理と音楽を股にかけ、そのあいだにおいて考えているのが保坂和志という小説家の真骨頂なのではないだろうか。

中公文庫

残《ざん》 響《きょう》

2001年11月25日　初版発行
2013年10月5日　4刷発行

著　者　保《ほ》坂《さか》和《かず》志《し》

発行者　小林 敬和

発行所　中央公論新社
〒104-8320　東京都中央区京橋2-8-7
電話　販売 03-3563-1431　編集 03-3563-3692
URL http://www.chuko.co.jp/

印　刷　三晃印刷
製　本　小泉製本

©2001 Kazushi HOSAKA
Published by CHUOKORON-SHINSHA, INC.
Printed in Japan　ISBN4-12-203927-4 C1193

定価はカバーに表示してあります。落丁本・乱丁本はお手数ですが小社販売部宛お送り下さい。送料小社負担にてお取り替えいたします。

●本書の無断複製（コピー）は著作権法上での例外を除き禁じられています。また、代行業者等に依頼してスキャンやデジタル化を行うことは、たとえ個人や家庭内の利用を目的とする場合でも著作権法違反です。

中公文庫既刊より

各書目の下段の数字はISBNコードです。978-4-12が省略してあります。

ほ-12-1
季節の記憶
保坂和志
ぶらりぶらりと歩きながら、語らいながら、うつらうつらと静かに時間が流れていく。鎌倉・稲村が崎を舞台に、父と息子の初秋から冬のある季節を描く。
203497-6

ほ-12-2
プレーンソング
保坂和志
猫と競馬とともに生きる、四人の若者の奇妙な共同生活。〝社会性〟はゼロに近いけれど、神の恩寵のような日々を送る若者たちを書いたデビュー作。
203644-4

ほ-12-3
草の上の朝食
保坂和志
猫と、おしゃべりと、恋をする至福に満ちた日々を独特の文章で描いた、『プレーンソング』続篇。夏の終わりから晩秋までの、至福に満ちた日々。
203742-7

ほ-12-5
もうひとつの季節
保坂和志
鎌倉で過ごす僕とクイちゃんと猫の茶々丸、近所に住む便利屋の松井さん兄妹。四人と一匹が織り成す穏やかな季節を描く。〈解説〉ドナルド・キーン
204001-4

ほ-12-6
猫に時間の流れる
保坂和志
世界との独特な距離感に支えられた文体で、猫たちとの日常・非日常という地平を切り開いた〈新しい猫小説〉の原点。〈解説マンガ〉大島弓子
204179-0

ほ-12-7
〈私〉という演算
保坂和志
〈私〉についてこうして書いている〈私〉という存在とは……。〈私〉と世界との関係を見つめた表題作はじめ、思考のかたちとしての九つの短篇小説。〈解説〉新宮一成
204333-6

ほ-12-8
明け方の猫
保坂和志
明け方見た夢の中で彼は猫になっていた。猫文学の新しい地平を切り開いた著者が、世界の意味を改めて問い直す意欲作。初期の実験的小説「揺籃」を併録。〈感想マンガ〉大島弓子
204485-2

ほ-12-9
小説修業
小島信夫　保坂和志

小説をとおして、世界をどのように捉えるか――。生と死、科学と哲学、小説のこれまでとこれからについて、小説に〈奉仕〉する二人の作家がとことん問いかけ合う往復書簡。

205026-6

ほ-12-10
書きあぐねている人のための小説入門
保坂和志

小説を書くために本当に必要なことは？ 実作者が教える、必ず書けるようになる小説作法。執筆の裏側を見せる「創作ノート」を追加した増補決定版。

204991-8

ほ-12-11
生きる歓び
保坂和志

生命にとっては生きることはそのまま歓びであり善なのだ――瀕死の子猫の命の輝きを描く表題作ほか、「小実昌さんのこと」併録。〈解説〉伊藤比呂美

205151-5

ほ-12-12
小説の自由
保坂和志

小説には、「考える」という抽象的な時間が必要なのだ。誰よりも小説を愛する小説家が、自作を書くのと同じ注意力で小説作品を精密に読んでみせる、驚くべき小説論。

205316-8

ほ-12-13
小説の誕生
保坂和志

「小説論」というのは思考の本質において、評論でなく小説なのだ。小説的に世界を考えるとどうなるのか？ 前へ、前へと思考を進める小説論。

205522-3

ほ-12-14
小説、世界の奏でる音楽
保坂和志

小説は、人を遠くまで連れてゆく――。書き手の境地を読者のなかに再現する、十篇の小説論という小説。「最良の読者を信じて」書かれた小説論、完結編。

205709-8

か-57-2
神様
川上弘美

四季おりおりに現れる不思議な生き物たちとのふれあいと別れを描く、うららでせつない九つの物語。ドゥ・マゴ文学賞、女流文学賞受賞。

203905-6

か-57-3
あるようなないような
川上弘美

うつろいゆく季節の匂いが呼びさます懐かしい情景、ゆるやかに紡がれるうつつと幻のあわいの世界。じんわりとおかしみ漂う味わい深い第一エッセイ集。

204105-9

各書目の下段の数字はISBNコードです。978－4－12が省略してあります。

か-57-6 これでよろしくて？ 川上弘美
主婦の菜月は女たちの奇妙な会合に誘われて……夫婦、嫁姑、同僚。人との関わりに戸惑いを覚える貴女に好適。コミカルで奥深いガールズトーク小説。
205703-6

お-51-4 完璧な病室 小川洋子
病に冒された弟と姉との最後の日々を描く表題作、海燕新人文学賞受賞のデビュー作「揚羽蝶が壊れる時」ほか、透きとおるほどに繊細な最初期の四短篇収録。
204443-2

お-51-5 ミーナの行進 小川洋子
美しくて、かよわくて、本を愛したミーナ。あなたとの思い出は、損なわれることがない――懐かしい時代に育まれた、ふたりの少女と、家族の物語。谷崎潤一郎賞受賞作。
205158-4

よ-25-1 TUGUMI 吉本ばなな
病弱で生意気な美少女つぐみと海辺の故郷で過した最後の日々。二度とかえらない少女たちの輝かしい季節を描く切なく透明な物語。〈解説〉安原顯
201883-9

よ-25-2 ハチ公の最後の恋人 吉本ばなな
祖母の予言通りに、インドから来た青年ハチと出会った私は、彼の「最後の恋人」になった……。約束された至高の恋。求め合う魂の邂逅を描く愛の物語。
203207-1

よ-25-3 ハネムーン 吉本ばなな
世界が私たちに恋をした――。別に一緒に暮らさなくても、二人がいる所はどこでも家だ……互いにしか癒せない孤独を抱えて歩き始めた恋人たちの物語。
203676-5

よ-25-4 海のふた よしもとばなな
ふるさと西伊豆の小さな町は海も山も人もさびれてしまっていた。私はささやかな想いと夢を胸に大好きなかき氷屋を始めたが……。名嘉睦稔のカラー版画収録。
204697-9

よ-25-5 サウスポイント よしもとばなな
初恋の少年に送った手紙の一節が、時を超えて私の耳に届いた。〈世界の果て〉で出会ったのは……。ハワイ島を舞台に、奇跡のような恋と魂の輝きを描いた物語。
205462-2